你是我
一切的一切

[美] 妮古拉·尹 ——著

王思宁 ——译

EVERYTHING
EVERYTHING

四川文艺出版社

U0729899

图书在版编目（CIP）数据

你是我一切的一切 /（美）妮古拉·尹
(Nicola Yoon) 著；王思宁译. 一成都：四川文艺出
版社，2017.9（2018.4 重印）
　　ISBN 978-7-5411-4804-0

　　Ⅰ．①你… Ⅱ．①妮… ②王… Ⅲ．①长篇小说－美
国－现代 Ⅳ．① I712.45

中国版本图书馆 CIP 数据核字（2017）第 222867 号

Everything, Everything by Nicola Yoon
Copyright©2017 by Nicola Yoon
Published by arrangement with Alloy Entertainment,
LLC through Bardon-Chinese Media Agency
Simplified Chinese translation copyright©2017
by Beijing Xiron Books Co., Ltd.
ALL RIGHTS RESERVED

版权登记号：图进字 21-2017-569

NI SHI WO YIQIE DE YIQIE

你是我一切的一切

[美] 妮古拉·尹著 王思宁译

策划出品　磨铁图书
责任编辑　彭　炜
责任校对　汪　平
特约监制　魏　玲　冯　倩
产品经理　聂　文
特约编辑　灵漠风
封面设计　所以设计馆
内文设计　沐希设计

出版发行　四川文艺出版社（成都市槐树街 2 号）
网　　址　www.scwys.com
电　　话　028-86259285（发行部）　028-86259303（编辑部）
传　　真　028-86259306

邮购地址　成都市槐树街 2 号四川文艺出版社邮购部　610031
印　　刷　三河市冀华印务有限公司
成品尺寸　146mm×210mm　1/32
印　　张　10　　　　　　　字　　数　200 千
版　　次　2017 年 12 月第一版　　印　　次　2018 年 4 月第三次印刷
书　　号　ISBN 978-7-5411-4804-0
定　　价　42.00 元

版权所有，侵权必究。如发现图书质量问题，可联系调换。质量投诉电话：010-82069336

大魚讀品
BIG FISH BOOKS

让日常阅读成为砍向我们内心冰封大海的斧头。

献给我的丈夫大卫·尹，是他让我认识了我的心。
献给我聪慧美丽的女儿潘妮，是她让我的心成长。

这就是我的秘密。很简单的：
只有用心看，才能看得清。
一切本质的东西都是肉眼所看不见的。

——安托万·德·圣·埃克苏佩里《小王子》

白色房间

　　我读过的书比你多很多。不管你读过多少，我肯定比你读得多。相信我，我有的是时间。

　　我的房间是白色的，墙也是白色的，闪亮的白色书架上，书籍是唯一的色彩来源。我的书都是崭新的精装本——我可不能看沾满细菌的二手平装本。它们都是从"外面"进来的，进来之前必须消毒，装进真空塑料包装袋里。我真想亲眼看见完成这项任务的机器。我想象着每本书都经过白色传送带，进入白色的长方形关卡，白色的机器臂在那儿等着，把它们擦磨干净，再喷上水，进行消毒，直到它们终于足够干净，可以供我阅读了。每本新书到来时，我做的第一件事就是除掉塑料膜，这得用到剪刀，还有不止一根破损的指甲。第二件事就是在书封内侧写下我的名字：

　　所有者：玛德琳·淮提尔

　　我不知道我为什么要写，毕竟能看到它们的只有我母亲，但她从不读书；还有我的护士卡拉，她可没时间读书，因为她每一刻都要盯着我的呼吸。很少有访客来看我，所以我也没机会把书借给别人。我没有机会提醒别人，他/她书架上的某本书是我的。

拾得奖励（请在所有可行选项前画钩）

写这一部分我花费的时间最长，每本书上写的也不一样。有时候一些奖励还是凭空捏造的：

●与我（玛德琳）一起在夏日晴朗的蓝天下，在弥漫着花粉的花田中野餐，花田中有罂粟、水仙，还有一望无际的"月中人金盏花"[1]。

●与我（玛德琳）一起在大西洋中央的灯塔里，顶着飓风品茶。

●与我（玛德琳）一起在摩洛基尼岛潜泳，寻找夏威夷的州鱼——胡姆胡姆努库努库阿普阿阿鱼。

有些奖励就有点幻灭了：

●与我（玛德琳）一起去一家二手书店。

●与我（玛德琳）一起外出散步，就沿着一条街来回走。

●与我（玛德琳）进行一次短暂交谈，可以谈你想讨论的任何事，但得在我的白色卧室里，坐在我的白色沙发上。

有时候奖励只是：

●我（玛德琳）。

---

[1] "月中人金盏花"，出自1972年上映的电影《伽马射线对月中人金盏花的影响》（*The Effect of Gamma Rays on Man-in-the-Moon Marigolds*）。——译者注，下同

重症隔离房

　　我的病太过罕见，罕见到出了名。它是一种重症联合免疫缺陷病，你所知道的俗名应该叫"泡泡宝宝病"。

　　简单来说，就是我对整个世界都过敏，任何东西都可能让我生一连串的病。可能是我碰到的擦桌子的洗涤剂；可能是某人喷的香水；可能是我吃的食物中某种异域香料。可能只是其中一样，也可能是全部，还可能都不是，而是其他东西。没有人知道什么会导致我发病，但所有人都知道，后果很严重。我妈妈说，我还是个婴儿时就差点死掉，所以我必须生活在重症隔离房中。我不能离开家，我已经十七年没有出过家门了。

健康日志

玛德琳·淮提尔
————————————————
病人姓名

5月2日
————————————————
日期

波林·淮提尔医生
————————————————
看护人

0002921

4

每分钟呼吸次数

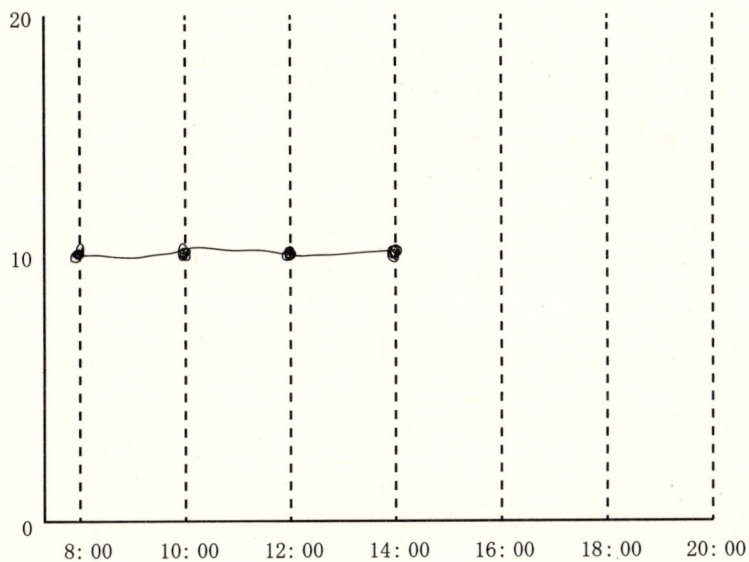

0002921

室内温度

°F

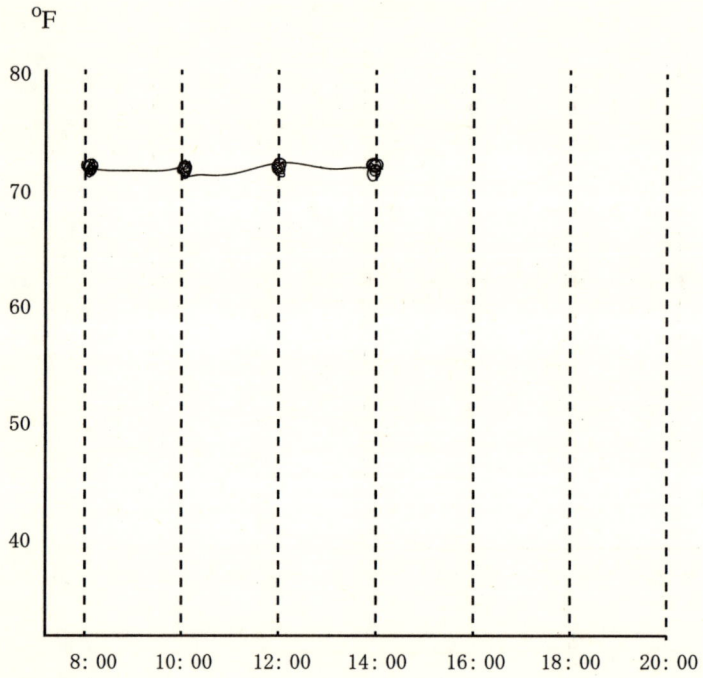

0002921

6

空气净化器状态

8：00	✓
9：00	✓
10：00	✓
11：00	✓
12：00	✓
13：00	✓
14：00	✓
15：00	
16：00	
17：00	
18：00	
19：00	
20：00	

0002921

"生日愿忘"

　　"今天是电影之夜，是玩两人画图猜谜，还是读书俱乐部呢？"
我妈妈一边问我，一边给我手臂上的血压仪加压。她没提我最爱的晚
餐后活动——发音拼字游戏。我抬头，看到她的眼里已经有了戏谑的
笑意。

　　"拼字。"我说。

　　她量完了血压。通常，我的全职护士卡拉会给我量血压，填好我
的健康日志，不过今天妈妈给她放假了。今天是我的生日，我们要一
起过，就我们两人。

　　她又戴上听诊器，听我的心跳。她脸上的微笑消失了，取而代之
的是她作为医生的严肃表情。这是她的病人们最常见到的表情——略
微疏远，职业化，但又满是关切。我想知道他们是否觉得这种表情让
他们舒心。

　　我忍不住在她额头上印下一个吻，想提醒她这是我，她最爱的病人，
她的女儿。

她睁开眼睛，微微一笑，摸了摸我的脸颊。我想，既然生来就有需要时刻照顾的病，那母亲是个医生也算是一件幸事吧。

几秒钟后，她尽力露出"我是医生，恐怕要告诉你个坏消息"的表情："今天是你的大日子，我们为什么不玩玩你能赢得了我的游戏呢？比如，'双人画图猜谜'。"

一般的画图猜谜两人是玩不了的，于是我们发明了"双人画图猜谜"：一个人画画，另一个人猜。如果一方猜对了，对方就得分。

我冲她眯了眯眼。"我要玩谐音拼字，这次我肯定能赢。"我自信地说，即便我根本不可能赢。我们玩了这么多年的发音拼字游戏，或者说"发因拼自"游戏，我从没赢过她一次。上一次玩的时候我差点就赢了。但是她的最后一个词让我完败，她把"牛仔裤"里的"仔"换成了"崽"，用到了三倍分值的字 [1]。

"好吧。"她摇摇头，假装可怜我，"你想玩什么都行。"她闭上了带笑的双眼，接着听听诊器。

这天早晨接下来的时间，我们都用来烤我的传统生日蛋糕——香草海绵蛋糕，加香草奶油糖霜。蛋糕冷却下来之后，我抹上了一层薄薄的糖霜，厚度刚好能把蛋糕盖住。我们俩都爱吃蛋糕，但不爱吃糖霜。至于装饰，我画了十八朵糖霜雏菊，白色花瓣，顶端中间加白色花蕊。蛋糕的侧面则画了白色的帷帘。

"完美。"妈妈站在我身后，探着脑袋看着我做完装饰。"跟你

---

[1] 在英文的拼字游戏中，读音相同、变形，乃至有错别字的词汇均可被采纳，并且不同字母还有不同的分数，依据书写标准中字母出现的频率而定。例如，不常出现的 Z 就要比 E 得到的分数高。但中文的拼字游戏中没有这种规则。

一样。"

我转身面朝她。她脸上挂着大大的微笑，为我骄傲的微笑，但她的眼里却含着亮晶晶的热泪。

"你——真——悲剧。"我说着在她鼻子上挤了一点奶油，她大笑起来，却又哭得更厉害了。说真的，她通常不是这样情绪化的，但是不知为什么，我的生日总能让她又伤感又欢欣。她又伤感又欢欣的时候，我也会变得一样。

"我知道。"她说着举起双手来，"我知道我太可悲了。"她拉我入怀，紧紧拥抱着我，奶油蹭进了我的头发里。

我的生日是一年中我们最难以忘掉我的病的一天。这是因为我的生日会让我们想起时光的流逝。又一年过去了，又是生病的一年，完全看不到治愈的可能性。又一年错过了所有普通少女该做的事情——考驾照、初吻、毕业舞会、第一次心碎、第一次小车祸。又一年，我妈妈除了工作和照顾我之外，什么事也做不了。在其他的日子里，这些事的缺席似乎容易——至少是更容易被忽视。

这一年，比前一年更难了。也许是因为我十八岁了。严格来说，我已经是成年人了。我应该能离家，去上大学了。我妈妈应该属于惧怕空巢症候群了。可是因为重症隔离房，我哪儿也去不了。

晚餐过后，她给了我一套精美的水溶彩铅，这个已经在我的愿望清单上待了好几个月了。我们去了客厅，盘腿坐在咖啡桌前。这是我生日的一个传统：她在蛋糕中央点燃一根蜡烛。我闭上眼睛，许个愿。我吹灭了蜡烛。

"你许的什么愿？"我一睁开眼，她就问道。

实际上，我其实只能许一个愿望——希望一种魔法解药突然出现，让我能够自由外出，像野生动物一样无拘无束。但是我从来不许这个愿，因为那是不可能的，这就好比许愿希望美人鱼、龙、独角兽是真的一样。于是，我许了个比治愈更可能实现的愿望，一个不会让我们两人都伤心的愿望。

"世界和平。"我说。

吃过三块蛋糕之后，我们开始玩拼字游戏。我没赢，我甚至没有任何赢的势头。

她用上了全部的七个字，在"录"旁边写下"世界末日的启示"，组成了"世界末日的启示录"。我问："这是什么？"

"世界末日的启示录。"她眉飞色舞地说。

"不行，妈妈。不行，这我不能给你算分。"

"能行。"她简单地回答道。

"妈妈，你'末'字都错了，不能算。"

"世界末日的启示录。"她重复道，边说边指着字母，"绝对可以的。"我摇摇头。

"世界末日的启示录。"她坚持说，把每个字母的读音都拉得长长的。

"噢，我的天，你也太难缠了。"我说着，举手投降，"好吧，好吧，我同意。"

"耶！"她举起拳头，一边笑我，一边记下她那不可逾越的高分。

"你从来都没搞明白这个游戏的本质，"她说，"这个游戏的关键是说服对方。"

我又给自己切了一块儿蛋糕。"那不是说服，"我说，"那叫耍赖。"

"一回事啦。"她说。我们两人都笑了。

"明天玩两人画图猜谜时，你可以赢我。"她说。

我输掉游戏之后，我们去沙发上看我们最爱的电影《新科学怪人》。看这部电影也是我生日的一项传统。我把头靠在妈妈的腿上，她抚摩着我的头发，虽然多年来我们看了很多遍，看到笑点的时候还是会笑。总体来说，这个十八岁生日过得还是不错的。

一切如旧

第二天早晨，卡拉来的时候，我坐在我的白色沙发上读书。

"祝你生日快乐。"她用西班牙语唱道。

我放下书，答道："谢谢。"

"生日过得怎样？"她开始拿出她包里的医药用品。

"我们玩得挺开心的。"

"香草蛋糕加香草糖霜？"她问道。

"当然了。"

"《新科学怪人》？"

"没错。"

"然后你玩游戏输了？"她问道。

"我们干了什么原来这么好猜啊？"

"不用管我，"她笑着说，"我只是嫉妒你跟你妈妈关系这么好。"

她拿起我昨天的健康日志，迅速浏览昨天我妈记下的数值，又往上面加了一张纸。"最近罗莎根本都不想理我。"她说。

罗莎是卡拉十七岁的女儿。卡拉说，她们俩本来很亲密，直到青春期的荷尔蒙和男孩们夺走了罗莎。我无法想象我和我妈妈之间会发生这种事。

卡拉挨着我在沙发上坐下，我伸出手来，让她量血压。她低头看了看我的书。

"又是《献给阿尔吉侬的花束》[1]？"她问道，"你不是看这本书老哭吗？"

"总有一天我不会哭的。"我说，"我希望那一天我还在读它。"

她冲我翻了个白眼，拉起我的手臂。

这个回答略微敷衍，但我说出来之后就在想，究竟是不是这样。

也许我心里还在希望，有一天，某一天，我能迎来变化。

---

[1] 科幻小说，美国作家丹尼尔·凯斯最著名的作品之一，曾获得过雨果奖、星云奖。小说的主人公查理是一位先天弱智的成年人，与玛德琳有着相似的境遇。

人生苦短™
玛德琳的剧透书评

《献给阿尔吉侬的花束》，丹尼尔·凯斯

关键情节透露：阿尔吉侬是只老鼠。老鼠死掉了。

外星人入侵

当我读到查理意识到他的命运可能与老鼠一样时，听到外面传来很大的噪声。我的思绪立即飞到了外太空。我想象着一艘巨大的飞船停在我们头顶的天空中。

房子在颤抖，书架上，我的书全部都在颤动。均匀的嘀嘀声在轰鸣中响起来。我知道噪声的来源了，是辆卡车。也许只是走错路了吧，我告诉自己，免得空欢喜。也许只是去别处时，拐错了弯。

可接着，卡车熄火了。我听到开门、关门的声音。片刻之后，又出现开门、关门的声音，接着一个女人的声音欢快地喊道："欢迎来到我们的新家！"

卡拉盯着我看了好几秒钟。我知道她心里在想什么：又要重演了。

玛德琳的日记

8月5日

隔壁房子里住的那家人搬走了。男孩哭了。他躲在花园里吃土，直到他妈妈发现了他，但她没有像平常那样因为他吃土而吼他。现在外面好安静。昨晚我做了个梦，梦见他们不是真的要搬走。

他们被外星人绑架了。外星人没有绑架我，因为我病了，而它们只想要健康的人。它们把妈妈、卡拉，还有隔壁的一家人都抓走了，只剩下我一个人。

我哭醒了，妈妈来了，跟我一起睡。
我没告诉她我做了什么梦，因为
那会让她伤心，但我告诉了卡拉，
她拥抱了我。

欢迎委员会

"卡拉，"我说，"这次不会跟上次一样的。"我已经不是八岁的小孩了。

"我要你保证——"她说，可我已经跑到了窗边，拉开了窗帘。

我不习惯加州的强烈阳光。我不习惯看到太阳高高挂在空中，发出强烈的光，在泛白的天空中也显得发白。我被晃到了眼睛。但接着，我视线中的强烈白光渐渐褪去，又能看清楚了。我眼中的一切都有一个光环。

我看到停在路上的车，还有一个年纪略长的女人在转圈——妈妈。我看到一个年长的男人站在卡车后面——爸爸。我看到一个比我小一些的女孩——女儿。

接着，我看到了他。他高个子，身材瘦削，穿着一身黑：黑色短袖、黑色牛仔裤、黑色球鞋，还戴着黑色针织帽，完全遮住了他的头发。他是白人，不过皮肤晒成了淡淡的蜂蜜色，脸庞棱角分明。他从卡车的后车厢上跳下来，在车道上滑了一截，似乎重力在他身上的作用与其他人不一样似的。他停了下来，歪歪脑袋，抬头望着他家的新房子，仿佛在看一道谜题。

几秒钟后，他开始轻轻前后摇晃。突然间，他跑起来，跑上了墙，一下子冲上去六英尺高。他抓住窗台，就那样吊了一两秒钟，然后放开，蹲下来落地。

"很好，奥利。"他母亲说。

"我不是早就跟你说不许那样了吗？"他父亲咆哮道。他没理他们两个，只是静静蹲着。

我摊开手掌，按着窗户的玻璃，有些喘不过气来，仿佛刚刚做那些疯狂动作的人是我。我看看他，看看墙，看看窗台，再看看他。他已经站起来了，他在盯着我看，我们的目光相遇。我暗暗心想，他能从我的窗户中看到什么——一个奇怪的女孩，一身白色，睁大了眼睛盯着他看。他冲我咧嘴一笑，他的脸不再那样面无表情，不再严肃。我想冲他微笑，但我太紧张了，结果冲他皱了皱眉。

我的白色舞厅

　　那晚，我梦到房子与我一起呼吸。我吸气，墙就像被扎了的气球一样，把我挤成一团，仿佛它泄了气。我呼气，墙就会扩张。我再多呼吸一次，我的人生就会彻底爆炸。

观察邻居　第一部分

他妈妈的日程表

6：35 AM － 走到前门台上，手拿一杯冒热气的饮品。咖啡？

6：36 AM － 盯着对面的空地，小口喝饮品。茶？

7：00 AM － 回到房子里。

7：15 AM － 再次回到前门台上跟丈夫吻别，看着他的车开走。

9：30 AM － 到花园里。找烟头，找到之后就扔掉。

1：00 PM － 开车出门。办事？

5：00 PM － 催促凯拉和奥利做家务，"要赶在你们父亲到家之前"。

他妹妹（凯拉）的日程表

10：00 AM － 穿着黑靴子和棕色毛绒浴袍踩脚走出门。

10：01 AM － 看手机短信。她收到的短信很多。

10：06 AM － 在我们两家之间的花园里抽三根烟。

10：20 AM － 用靴子尖挖个洞，把烟头埋起来。

10：25 AM—5：00 PM - 发短信或是打电话。

5：25 PM - 做家务。

他爸爸的日程表

7：15 AM - 去上班。

6：00 PM - 下班回家。

6：20 PM - 坐在门台上，喝第一杯酒。

6：30 PM - 回家吃饭。

7：00 PM - 回到门台上，喝第二杯酒。

7：25 PM - 喝第三杯。

7：45 PM - 开始冲家人吼。

10：35 PM - 吼叫渐渐消退。

奥利的日程表

不可预测。

我看到

他的家人叫他奥利。好吧，至少他妈妈和妹妹叫他奥利。他爸爸叫他奥利弗。他是我观察得最多的人。他的卧室在二层，几乎在我卧室的正对面，他的遮光帘总是拉得紧紧的。

有时候，他能睡到中午。有时候，我还没醒来开始观察，他就走了。不过，大多数早晨，他九点钟起床，出卧室，像蜘蛛侠一样从外墙爬到房顶去。他在那儿待大概一个小时，然后跳下来，回到房间里。不论我多努力地看，都看不到他在那上面到底是在干啥。

他的房间很空荡，只有一张床和一个抽屉柜子。搬家时的几个打包箱还没打开，堆在门廊里。房间里也没什么装饰，只有一张海报，是一部叫《跑酷伦敦》的电影。我查了这部电影，是讲跑酷的，一种街头体操运动，这也解释了他为何能做出那些疯狂的动作。我看得越多，就越想多了解一些。

骗　子

　　我刚刚在餐桌旁坐下，准备吃晚餐。妈妈往我的大腿上铺了一条餐巾，帮我倒水，然后又给卡拉倒水。周五晚餐在我家是件特别的事，卡拉甚至会留下跟我们一起共进晚餐，而不是回家跟家人吃饭。

　　周五晚间的餐桌上，一切都是法式的。餐巾是白色的，边缘上还绣着水仙花；餐具是法式古董餐具，纹饰华丽。我们甚至还有埃菲尔铁塔形状的调味瓶，来装胡椒粉和盐。当然了，因为我的病，我们得精心挑选菜单，但我妈妈总是会做她的特制豆焖肉——一道用鸡肉、香肠、鸭肉、白豆做的法式炖菜，那是我父亲生前最爱的菜。妈妈给我做的这种菜里面只有白豆，配上鸡肉汤。

　　"玛德琳，"妈妈说，"沃特曼先生告诉我，你的建筑学作业还没交。一切还好吗，亲爱的？"

　　我没想到她会问这样的问题。我知道我的作业还没交，但是我之前从没迟交过，我想我只是没意识到她还关注我的作业进度。

　　"作业太难了吗？"她皱着眉给我的碗里盛豆焖肉，"你想让我帮你找个新家教吗？"

"是的。不，不用。"我用法语依次回答了她的问题，"一切都好。我明天就能交，我保证。我只是忘记时间了。"

她点点头，开始为我切脆脆的法式面包，并抹上黄油。我知道她还想问其他问题。我甚至知道她想问的问题是什么，可我害怕这个问题的答案。

"是因为新邻居吗？"

卡拉冲我投来犀利的眼神。我从没对妈妈撒过谎，也没有撒谎的必要，何况我也不知道怎么撒谎。可我有种直觉，这次我需要撒谎。

"我只是读书读太多了。你知道我看到好书的时候就会入迷的。"我尽力用坚定的语气来抚慰她。我不想让她担心，她对我的担心已经够多了。

"骗子"用法语怎么说？

"不饿吗？"几分钟后，妈妈问我。她用手背摸摸我的额头。

"你没发烧啊。"她的手在我的额头上多贴了一会儿。

我正要告诉她我没事，却听到门铃响了。我们的门铃几乎从来不响，以至于我都不知道听到门铃响该做什么。

门铃又响了。

妈妈从椅子上起身，还没完全站起来，卡拉就已经站了起来。

这时门铃又响了一下。不知为什么，我开始微笑。

"太太，要我去开门吗？"卡拉问道。

妈妈挥挥手，表示不需要。"别动。"她跟我说。

卡拉走到我身后站着，双手轻轻搭在我的肩上。我知道我该留在这里，我知道我应该坐好不动，可不知怎的，今天我就是不能好好坐着。我需要知道那是谁，哪怕只是个迷途的过路人。

卡拉摸了摸我的上臂，说："你妈说让你别动。"

"但是，为什么啊？她只是小心过度罢了。再说了，她肯定不会放任何人进净气室内的。"

净气室是一间封闭的小房间，将整个前门包围起来。房间是密封的，可能带进来的威胁都会在前门打开时离开房子。我把耳朵贴在上面。一开始我什么也听不到，只能听到空气过滤机的声音，然后，我听到了一个声音。

"我妈妈让我来送圆环蛋糕。"声音深沉、丝滑，带着些笑意。我的大脑还在处理"圆环"这个词，想象着它长什么样子，突然间，我意识到门口的人是谁。是奥利。

"其实吧，我妈妈做的圆环蛋糕不是很好吃。实际上，特别难吃，根本就不能吃，而且几乎称得上坚不可摧。千万别告诉别人啊。"

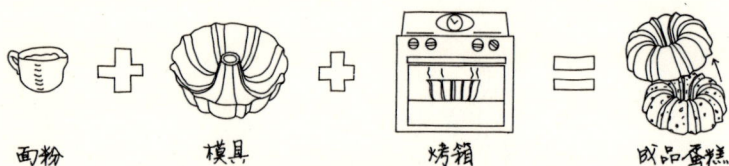

面粉 ＋ 模具 ＋ 烤箱 ＝ 成品蛋糕

圆环蛋糕

另一个声音开始说话了，女孩子的声音，他妹妹？"每次我们搬家，她都让我们送一个给邻居。"

"哦，好吧。这还真是个惊喜，不是吗？太贴心了。请告诉她，我非常感谢。"

圆环蛋糕是绝不可能经过缜密的审查的，我能感觉到我妈妈在想办法告诉他们她不能把蛋糕拿进来，但同时又不想说出真相。

"很抱歉，不过我不能接受这份礼物。"随后，震惊的沉默延续了片刻。

"那您想让我们拿回去？"奥利问道，一副惊讶不已的口吻。

"呃，这不礼貌吧。"凯拉说。她的语气听起来愤怒但很镇定，仿佛她早就知道会失望。

"抱歉，"妈妈又说了一遍，"情况很复杂。我真的很抱歉，你们和你们的妈妈想到送礼物很贴心。拜托代我感谢她。"

"您女儿在家吗？"奥利大声问道，妈妈还没来得及关上门。"我们在想，她可不可以带我们熟悉一下环境？"

我的心跳加速了，我感觉到心脏在怦怦直跳。他是在问我吗？还从来没有陌生人来家里看过我。除了我妈妈、卡拉，还有我的家教，这世上几乎没人知道我的存在。不过我猜，我在网上算是存在的。我有网友，我在汤博乐[1]上写书评，但那跟作为一个真人，一个拿着圆环蛋糕的陌生男孩来拜访的真人是不一样的。

---

[1] 一种轻博客。

"我很抱歉，她不能。欢迎来到社区，再次感谢你们。"

门关闭了，我退后一步，等妈妈回来。她留在净气室里，直到空气净化机把外面的空气过滤好了。一分钟之后，她回到了房内。她一开始没有注意到我。她只是静静站着，双眼紧闭，微微低头。

"对不起。"她低着头说。

"我没事，妈妈，不用担心。"

我第一千次重新意识到，我的病对她来说有多么艰难。我的病是我所知道的唯一世界，而在我之前，她还有我的哥哥和爸爸。她那时候旅行，还踢足球。她曾有过正常的生活，而那生活并不包括每天十四个小时都跟十几岁的女儿一起隐居在一个泡泡中。

我拥抱她，让她多抱了我几分钟。这件事对她的打击似乎比对我的更大。

"我会补偿你的。"她说。

"没什么需要补偿的。"

"我爱你，亲爱的。"

我们慢慢走回餐厅，迅速吃完了晚餐，几乎是沉默着吃完的。卡拉离开了，妈妈问我想不想玩两人画图猜谜游戏，赢她，但我说还是改天吧，我真的没有玩的心情。

我上楼的时候止不住地想，圆环蛋糕是什么味道。

拒绝的滋味

我回到房间，立刻冲到窗前。他爸爸下班了，出了什么事，他很生气，而且他的怒气还在发酵。他从凯拉手中夺过圆环蛋糕，狠狠砸向奥利，但奥利动作敏捷优雅，他躲开了，蛋糕落在了地上。

蛋糕奇迹般地存活下来，似乎一点事都没有，不过盘子摔碎在车道上。这让他爸爸越发愤怒了。

"打扫干净。赶紧的，给我打扫干净。"他爸爸摔门进了房子里。他妈妈跟在他爸爸身后跑了进去。凯拉冲奥利摇摇头，对他说了什么，他的肩膀耷拉了下来。奥利站在那儿，盯着蛋糕看了几分钟。他走进房子里，再出来的时候拿着笤帚和簸箕。他慢悠悠地，故意放慢动作，把碎盘子收拾起来。

收拾完之后，他爬上了屋顶，是拿着圆环蛋糕一起上去的。又过了一个小时，他才下来。

我像往常一样，躲在窗帘后面，可突然间，我不想躲躲藏藏了。我打开灯，回到窗边。我甚至没有深呼吸。深呼吸是没用的。我直接拉开窗帘，看到他已经站在了他的窗前，直勾勾地盯着我。他没有微笑，也没有挥手，只是伸手把自己的百叶窗帘拉上了。

苟 活

"你还要窝在家里自怨自艾多久？"卡拉说，"你整整一周都是这副样子。"

"我没有自怨自艾。"我说，虽然我确实有些自怨自艾。奥利的拒绝让我觉得自己又变回了那个小女孩，这让我想起我之前为何决定不再在意世界。

但是重新找回我之前的节奏很难，因为我能听到外面世界的各种声音，我能注意到之前我根本没在意过的东西，我能听到风吹过树木的声音，我能听到清晨鸟儿的叽叽喳喳声，我能看到从我的遮光帘中透进来的方块形的阳光，能看到一天里阳光的移动，通过光影的位置判断时间。即使我仍然在努力把世界拒之门外，它却似乎决心要闯进来。

"你这好几天才读了五页书。"她点头示意我手中的《蝇王》。

"呃，这书很烂。"

"这不是经典吗？"

"是很烂。这里面的男人都很坏，他们只会谈打猎、杀猪。我一辈子都没这么想吃培根过。"

她笑了起来，但是这笑也是漫不经心。她到沙发上，坐在我旁边，把我的腿拉到她大腿上。"给我讲讲。"她说。

我把书放下，闭上眼睛。"我只想让他们离开。"我坦白道，"以前那样更容易一些。"

"什么容易？"

"我不知道。做我自己？生病？"

她捏了捏我的腿。"你给我听着，你是我所认识的最强大、最勇敢的人，你一定要相信这点。"

"卡拉，你没必要——"

"嘘，听我说，这事我想了很久了，我能看出这件事给你造成了负担，但我知道，你会没事的。"

"我可不这么肯定。"

"没关系，我一个人就替咱们两个人肯定了。咱们一起在这房子里生活了十五年了，所以我明白的。我一开始照顾你时，总以为你被抑郁击垮只是时间问题。有一个夏天，确实有点迹象，但它并没有得逞。每天，你都能起床，学新的东西。每天你都能找到让你开心的事。每天你都会对我微笑。你担心你妈妈比担心你自己更多一些。"

我觉得卡拉可能从来没说过这么长的一段话。

"我家罗莎……"她接着说，可又停了下来。她向后一靠，闭上双眼，沉浸在某种我不理解的情绪中，"我家罗莎能跟你学到些东西呢。她拥有我能给她的一切，可她却觉得她一无所有。"

我露出微笑。卡拉经常抱怨她女儿，但我能看出她是在用尽全力宠她。

　　她睁开眼，刚刚困扰她的情绪已经消失了。"你看，这不是那微笑吗？"她拍拍我的腿，"生活确实很艰难，亲爱的。但每个人都能找到活下去的方法。"

人生苦短^{TM}
玛德琳的剧透书评

《蝇王》，威廉·戈尔丁

关键情节透露：里面的男孩都是野人。

初次接触　第一部分

　　两天过去了，我停止了自怨自艾。我已经学会了忽略邻居，这时却又听到外面传来"叮"的一声。我坐在我的沙发上，仍然沉浸在《蝇王》之中，好在我快要读完了，拉尔夫在海滩上等待他的惨烈死亡。我太想让这本书结束了，那样我才好去读其他快乐一些的书，于是，我忽略了那声音。几分钟后，我又听到一声"叮"，这次声音更大了。我把书放下，仔细听。第三声、第四声、第五声……接连不断地响着。有东西在砸我的窗子。是冰雹吗？我还没仔细思考，就起身去窗边。我拉开了窗帘。

　　奥利的窗子敞开着，百叶窗帘全部拉起来，他房间里的灯关着。坚不可摧的圆环蛋糕"站"在他的窗台上，一对儿可以活动的塑料卡通眼睛盯着我看。蛋糕晃了几下，向前一倾，仿佛是在思考这里离地有多远。然后它退了回去，又晃了晃。我还在黑暗的房间中寻找奥利的身影，圆环蛋糕就从窗台上"跳"了下去，直冲地面。

　　我倒吸了一口气。蛋糕自杀了吗？我探出脑袋去看它到底怎么样了，可外面太黑了。

就在这时，一道强光照亮了蛋糕。它还是完好无损，真是难以置信。那玩意儿是什么做的？

我们没吃它，真是太万幸了。

灯光消失了，我抬头看时正好看到奥利盖着黑布的手和手电一起回到窗内。我在那儿愣了几分钟，看着，等他回来，可他没回来。

第二夜

　　我刚刚上床，就听到"叮叮"声。我一心要忽略他，我确实做到了。不管他到底想要我做什么，我都做不到，所以还是不知道更容易些。

　　这一夜，接下来的一夜，我都没有去窗边。

第四夜

我受不了了，我从窗帘一角向外瞥。

圆环蛋糕仍然在窗台上，上面还贴着创可贴和绷带，覆盖了半个蛋糕。奥利不在窗边。

第五夜

圆环蛋糕在窗边的一张桌子上。桌上还摆着一个盛着绿色液体的马提尼酒杯、一包烟、一个画着骷髅头和十字骨架的药瓶。又是要自杀?

奥利仍然不见踪影。

第六夜

圆环蛋糕躺在白色床单上。一个倒挂的水瓶挂在似乎是个衣架的东西上，悬在蛋糕上方。圆环蛋糕上还挂着一根线，仿佛是输液管。奥利穿着白大褂，拿着听诊器出来了。他低头看看圆环蛋糕，皱着眉听心跳。我想笑，可还是憋住了。奥利抬起头来，严肃地摇摇头。我拉上了窗帘，忍住不去微笑，走开了。

第七夜

　　我告诉自己，我不会看，可一听到第一声"叮"，我就忍不住跑到了窗边。奥利穿着黑色浴袍，脖子上挂着一个超大号银色十字架。他在为圆环蛋糕举行葬礼。

　　终于，我忍不住了，我笑了起来，不停地笑啊笑。他抬头，冲我笑。他从口袋里掏出一支黑色记号笔，在窗子上写下：

　　那晚的事我抱歉了。
　　GENERICUSER033@GMAIL.COM

初次接触　第二部分

发件人：玛德琳·古·淮提尔

收件人：genericuser033@gmail.com

主题：嗨

发送时间：6月4日，8：03 PM

嗨！我想我们应该先自我介绍一下。我叫玛德琳·淮提尔，但这个从邮箱地址就看出来了。你叫什么名字？

——玛德琳·淮提尔

P.S. 你不需要道歉。

P.P.S. 那个圆环蛋糕到底是什么做的？

发件人：genericuser033

收件人：玛德琳·古·淮提尔 <madeline.whittier@gmail.com>

主题：回复：嗨

发送时间：6月4日，8：07 PM

你要是还不知道我的名字，那你这间谍当得也太逊了。我妹妹和我上周想见你来着，可你妈妈不愿意。我真的不知道那圆环蛋糕是啥做的，可能是石头？

发件人：玛德琳·古·淮提尔

收件人：genericuser033@gmail.com

主题：回复：回复：嗨

发送时间：6月4日，8：11 PM

嗨！

圆环蛋糕食谱

三杯多功能水泥粉混合一杯细磨锯末

一杯沥青（按个人喜好定量）

二分之一茶匙盐

一杯白乳胶

两块儿无盐黄油

三茶匙颜料稀释剂

四个大鸡蛋（室温）

做法：

将烤箱预热到 177℃。给模具抹好油。

蛋糕步骤：

1. 在一个中号碗中搅匀水泥粉、盐、沥青。

2. 在一个大号碗中搅匀黄油、白乳胶、颜料稀释剂、鸡蛋。注意
不要搅拌过度。

3. 少量多次地缓缓加入干原料。

4. 用勺子将糊糊倒进模具里。

5. 放进烤箱里烤，直到蛋糕里插的试验小棍固定在里面，无法拔出。
放在架子上的平底锅里晾凉。

蛋浆步骤：

1. 将锯末与水搅拌，制成浓稠但仍然能流动的糊状物。

2. 把蛋糕放在铺蜡纸的架子上（蜡纸是为了方便清理）。

3. 将蛋浆均匀浇在蛋糕上，等待其凝固，即可食用。（0 人份）

——玛德琳·淮提尔

P.S. 我不是间谍！

初次接触 第三部分

周三，8：15 PM

奥利：我本来要再给你回邮件的，但看到你在线。你的食谱笑死我了。历史上有哪个间谍会承认自己是间谍吗？我觉得没有。我叫奥利，很高兴认识你。

奥利：对了，"古"是什么的缩写？

玛德琳：古川。我妈妈是第三代日裔移民，我是半日裔。

奥利：那另一半是什么？

玛德琳：非裔。

奥利：你有昵称吗，玛德琳·古川·淮提尔？还是我得一直叫你玛德琳·古川·淮提尔呢？

玛德琳：我没有昵称。所有人都叫我玛德琳。有时候我妈妈喊我甜心、亲爱的什么的。这算吗？

奥利：不算，当然不算。没人叫你玛儿或者玛蒂或者玛蒂小疯子之类的吗？我给你挑一个吧。

奥利：我们要做朋友。

周四，8：19 PM

玛德琳： 既然我们要做朋友，那我有个问题：你们从哪儿来的？你为什么老戴着帽子？是因为你的头形状奇怪吗？你为什么只穿黑色衣服？相关问题：你知不知道衣服有其他颜色？你需要建议的话，我乐意提供。你在房顶上都干些什么？你右胳膊上的文身文的是什么？

奥利： 我能回答：我们住过好多地方，不过基本上都在东海岸。我们搬过来之前我把头发剃了（错误的选择）。是的。我穿黑色超性感。我知道。不需要，谢谢。不干什么。条形码。

玛德琳： 你是不是对首字母需要大写和正确使用标点符号有什么意见？[1]

奥利： 谁说我有意见的？

玛德琳： 我得走了。抱歉！

周五，8：34 PM

奥利： 你的禁足到底有多严格？

玛德琳： 我没有被禁足。你怎么会觉得我被禁足了？

奥利： 昨晚你那么着急下线，肯定是有原因的。我猜是因为你妈妈。相信我，我太了解禁足这事了。而且你从来不出家门，我们搬到这儿以后我从没见你出来过一次。

---

[1] 英文版中，奥利没有遵循首字母大写的习惯，而且标点符号使用不规范，每段末尾从来不使用句号。

玛德琳：抱歉，我不知道该说什么。我没有被禁足，但我不能出门。

奥利：真神秘。你是鬼魂吗？我们刚搬来那天我在窗户里看到你就是这么想的。隔壁的漂亮女孩要不是活人的话，我也真是倒了霉了。

玛德琳：先说我是间谍，现在我又成了鬼魂！

奥利：不是鬼魂吗？那就是童话里的公主了。那你是哪一个？灰姑娘吗？你一离开家就会变成南瓜吗？

奥利：还是长发公主呢！你的头发挺长的。把头发放下来，我爬上去救你吧。

玛德琳：我一直觉得这个听起来太不实际了，还很疼呢，你不觉得吗？

奥利：是啊。既不是灰姑娘，也不是长发公主，那就是白雪公主了。你的邪恶继母给你施了魔咒，这样你就不能离开房子，世界就不知道你有多美了。

玛德琳：白雪公主的故事不是那样的。你知不知道，在原版故事里，不是邪恶的继母，而是邪恶的亲妈？你能相信吗？还有，原版故事里是没有小矮人的。有意思吧？

奥利：没意思。

玛德琳：我不是公主。

玛德琳：而且我不需要人救。

奥利：没关系，反正我也不是王子。

玛德琳：你觉得我漂亮？

奥利：以童话里的间谍公主鬼魂标准来看吗？那绝对是的。

周六，8：01 PM

奥利：你怎么八点以前从来不上线？

玛德琳：八点之前我通常都不是一个人。

奥利：你身边总有人看着？

玛德琳：咱们不谈这个行吗？

奥利：越来越神秘的玛德琳·淮提尔。

周日，8：22 PM

奥利：咱们玩个游戏，五个最爱的快问快答。书、词、颜色、恶习、人。

奥利：快来快来。打字快点，姑娘。别犹豫，直接打字。

玛德琳：天啊……《小王子》、宠妻、蓝绿色、我没有恶习、我妈。

奥利：每个人都有恶习。

玛德琳：反正我没有。为什么问这个？你有多少？

奥利：多到可以挑出一个最爱的。

玛德琳：好吧，该你了。

奥利：同样的问题？

玛德琳：是的。

奥利：《蝇王》、毛骨悚然、黑色、偷餐具、我妹妹。

玛德琳：呃，《蝇王》？我觉得咱们做不成朋友了，那本书太糟糕了。

奥利：哪里糟糕了？

玛德琳：全部！

奥利：你只是因为它写得太真实了才不喜欢的。

玛德琳：哪里真实了？让我们自生自灭，我们就会自相残杀？

奥利：是的。

玛德琳：你真的这么觉得？

奥利：是的。

玛德琳：好吧，我不这么想，我绝对不会这么想的。

玛德琳：你真的偷餐具吗？

奥利：你真该看看我收藏的勺子。

周一，8：07 PM

奥利：你干了什么，被禁足这么久？

玛德琳：我没有被禁足，我不想谈这个。

奥利：跟男生有关系吗？

奥利：你是怀孕了吗？你有男朋友吗？

玛德琳：我的老天，你疯了吧？我没怀孕，我没有男朋友！你以为我是什么人？

奥利：神秘人。

玛德琳：你这一天都以为我是怀孕了？

玛德琳：是吗？

奥利：我可能想了一回、两回……七八回吧。

玛德琳：难以置信。

奥利：你想知道我有没有女朋友吗？

玛德琳：不想。

周二，8：18 PM

玛德琳：嗨！

奥利：嘿！

玛德琳：我不知道你今晚会不会上线。你还好吗？

奥利：还行。

玛德琳：发生什么了？他为什么那么生气？

奥利：我不知道你在说什么！

玛德琳：你爸爸啊，奥利。他为什么那么生气？

奥利：你有你的秘密，我也有我的。

玛德琳：好吧。

奥利：好吧。

周三，3：31 AM

奥利：睡不着觉？

玛德琳：睡不着。

奥利：我也是。五个最爱快问快答：电影、食物、身体部位、课程。

玛德琳：这才四个。再说了，这么晚了，我不玩这个，我没法思考。

奥利：我等着呢。

玛德琳：《傲慢与偏见》——英国广播公司拍的那一版、吐司、手、建筑学。

奥利：妈呀，地球上就没有一个女孩不爱达西先生[1]的吗？

玛德琳：所有女孩都爱达西先生？

奥利：你在开玩笑吧？我妹妹谁都不喜欢，就喜欢达西先生。

玛德琳：她肯定有喜欢的人，我敢肯定她是爱你的。

奥利：达西有什么好的？

玛德琳：你是认真地在问吗？

奥利：他是个势利眼。

玛德琳：但他克服了偏见，最终意识到阶级远远没有性格重要。他是个愿意学习生命课程的人。再说了，他那么帅，高尚，虽然阴郁沉闷，但又充满诗意。我说过他帅了吗？还有，他对伊丽莎白的爱超越了一切理智。

奥利：哦。

玛德琳：是的。

奥利：该我说了吧？

玛德琳：说吧。

奥利：《哥斯拉》、吐司、眼睛、数学。等等，身体部位是说你自己的还是说别人的？

玛德琳：我不知道！问题是你提的。

奥利：哦，对哦。好吧，那我还是答眼睛。

---

[1]《傲慢与偏见》的男主人公。

玛德琳：你的眼睛是什么颜色？

奥利：蓝色。

玛德琳：详细点嘛。

奥利：天啊，真是个女孩子！海蓝色。

玛德琳：大西洋还是太平洋？

奥利：大西洋。你的呢？

玛德琳：巧克力棕。

奥利：详细点嘛

玛德琳：75% 可可酱的深巧克力棕。

奥利：呵呵，很好。

玛德琳：可这还是只有四个问题啊，我们还得想一个。

奥利：你来想吧。

玛德琳：诗歌体裁。

奥利：前提是我得有最喜欢的诗歌体裁。

玛德琳：你又不是个无信仰者。

奥利：那就五行打油诗吧。[1]

玛德琳：你还真没有信仰啊，我就假装没听到你说什么吧。

奥利：五行打油诗有什么问题吗？

玛德琳："好的五行打油诗"就是个悖论。

奥利：那你最喜欢的是？

---

[1] 英文中的五行打油诗指的是幽默、无聊或者下流的五行诗句。

玛德琳： 俳句。

奥利： 俳句太糟糕了，其实就是没趣的五行打油诗嘛。

玛德琳： 你已经从无信仰者降格到异教徒了 。

奥利： 明白了。

玛德琳： 好吧，我该睡觉了。

奥利： 好吧，我也该睡了。

周四，8：00 PM

玛德琳： 我真猜不到你最喜欢的课是数学。

奥利： 为什么？

玛德琳： 我不知道。你喜欢爬楼，跳来跳去的。大多数人要么是身体敏捷，要么是头脑敏捷，一般不会两者都是。

奥利： 你这是用委婉的方式在说你觉得我傻吗？

玛德琳： 不是！我只是说……我不知道我说的是什么意思了。

奥利： 你的意思是我太性感了，所以数学不可能好。没关系的，经常有人这么说我。

玛德琳： ……

奥利： 数学跟其他东西一样，都是靠练习的。我跟你讲上上次搬家前我还参加过数学竞赛呢。你要是有概率或是统计学问题，就来问我。

玛德琳： 不！

奥利： 是的！

玛德琳： 太性感了。

奥利：我嗅到了不真诚哦。

玛德琳：不！

奥利：是的！

玛德琳：：）所以你要在圣费尔南多高中参加数学竞赛吗？

奥利：大概不会。

奥利：我爸不让我参加了。他想让我干更"男子汉"的事，比如橄榄球。

玛德琳：你会橄榄球？

奥利：不。他不让我参加数学竞赛，但他恐吓教练，让教练破例在学期中途允许我入队，不过没成功，最终就放弃了。

玛德琳：那他要再提起怎么办？

奥利：现在我可没有两年前那么好恐吓了。

奥利：我现在变坏了，个头也大了。

玛德琳：你看起来不坏啊。

奥利：你对我还没那么了解。

周五，3：03 AM

玛德琳：你没睡着？

奥利：是啊。

玛德琳：我知道你不想谈。

奥利：不过还是……

玛德琳：我看到今天发生的事了。你妈妈还好吗？

奥利：她还好。这不是第一回了，也不会是最后一回。

玛德琳：噢，奥利。

奥利：别跟我说什么"噢，奥利"。

奥利：跟我说点事，随便什么都行。给我讲个笑话吧。

玛德琳：好吧。为什么一个男孩发现自己耳朵里长出了芹菜，还非常惊讶呢？

奥利：为什么？

玛德琳：因为他种的是玉米！

玛德琳：喂？

奥利：哦，天啊，这笑话真逊。

玛德琳：不过你微笑了啊。

奥利：没错，我是微笑了。

奥利：谢谢。

玛德琳：不客气。

周六，8：01 PM

奥利：看来在开学前我都没法当面见你了。

玛德琳：我不去上学。

奥利：你是说你不去圣费尔南多高中吗？那你去哪儿上学呢？

玛德琳：我是说我不去普通学校，我在网上上课。

奥利：为什么？

玛德琳：我真的没法谈这个。

奥利： 来嘛，你总得给我个解释吧。

玛德琳： 我想和你做朋友，我不想你可怜我。

奥利： 告诉我吧，我们还是能做朋友的。

玛德琳： 我有病。

奥利： 有多严重？

玛德琳： 非常严重，不能离开家的那种严重。

奥利： 天啊！

奥利： 你会死吗？

玛德琳： 不会现在就死。

奥利： 那是很快了？

玛德琳： 如果我离开家的话，会的。

奥利： 好吧

奥利： 我们还是朋友，我不可怜你。

玛德琳： 谢谢。

奥利： 那你上学是怎么上的？

玛德琳： 我都是通过网络视频上的。我也有作业，有小测验，有分数。很多人都是在家上学的。

奥利： 哈，很酷嘛。

奥利： 你有没有发现全国拼字比赛的很多决赛选手都是在家上学的？

玛德琳： 这我还真没注意到。

奥利： 确实是那样的。

奥利： 我希望我们能见面。

玛德琳： 我也是。

玛德琳： 好了，我现在得下线了。

奥利： 去吧。

奥利： 你还在吗？

玛德琳： 在。

奥利： 到窗边来。

玛德琳： 现在？我穿着睡衣啊。

奥利： 套件袍子。到窗边来，我想看看你。

玛德琳： 好吧，我马上过去。晚安，奥利。

奥利： 晚安，玛蒂。

宇航员与冰激凌

"沃特曼先生要上来了！"卡拉站在门廊里喊道。我终于给我的建筑学作业做好了最后的打磨，我两天没跟奥利聊天，才挤出时间做完的。我不想我妈妈再担心。作业是以我最喜欢的建筑风格设计一家室外购物与美食中心。我选择了装饰风艺术，因为这种风格的建筑看起来像是在飞翔，但其实它们是扎扎实实地扎根在地上的。

楼的中心是一处绿草茵茵的室外休息场所，摆着大得不像样的奇怪椅子，椅子上印着鲜艳的 Z 字形图案。我已经在草坪上"种了"一些迷你棕榈树，现在我在有计划地往模型上摆弄着小购物者的塑料小人，按照沃特曼先生的话来说，这就是给它添上"生命的气息"。

沃特曼先生教了我两年，但我只跟他见过两次面。通常我的所有课程，包括建筑学，都是通过网络视频进行的。我妈妈这周开了个特例，我觉得她是因为几周前凯拉和奥利造访的事感觉愧疚。我跟她说，她没必要觉得愧疚，但她还是这样。有人来访对我来说是件大事，因为他们得同意做完整的医学背景调查，还得做全面体检。他们来之前还得经过消毒，基本就是要洗大概一小时的高速空气澡。来见我是件非常麻烦的事。

沃特曼先生轻快地进了门，看起来很欢乐，但是有些烦躁，就像圣诞前夜即将踏上长途的圣诞老人。消毒的过程让他觉得冷了，所以他搓着双手，往手上吹热气。

"玛德琳。"他高兴地说着，拍着手。他是我最爱的老师，从不同情地看着我，他跟我一样爱建筑学。我长大了要是得干些什么，那就是要做建筑设计师。

"嗨，沃特曼先生。"我尴尬地笑笑，面对我母亲和卡拉之外的其他人，我不知如何表现。

"啊，这是什么呢？"他问道，他的灰色眼睛闪着光亮。我把最后两个迷你购物者放在一家玩具店旁，向后退了退。

他绕着模型转了转，时而露出灿烂的笑容，时而皱皱眉头，同时还发出奇怪的咂舌声。

"啊，亲爱的，你做得太出色了。这个很棒嘛！"他直起腰来看着我，正要拍拍我的肩膀，却想起来他不该，便停了下来。他轻轻摇头，再次弯下腰看模型。

"没错，没错，非常棒。只有几个小细节我们要谈一谈。不过，首先呢，我们的宇航员藏在哪儿呢？"

我每次做新模型的时候，都会做一个宇航员软陶人，把它藏在里面。每个软陶人都是不同的。这次宇航员穿着全套宇航服，戴着密封头盔，背着笨重的氧气罐，坐在一家小餐馆里，桌上堆着高高的一堆食物。

我做了迷你香蕉船冰激凌、草莓薄烤饼、炒鸡蛋、涂了黄油果酱的吐司、培根、奶昔（草莓、巧克力、香草）、奶酪汉堡、薯条。我想做弯曲的薯条，但我没时间了，于是就做了普通的。

"它在这儿呢！"沃特曼先生喊道。他看着这个场景咂舌，看了一小会儿之后转身看着我。他的双眼比通常少了那么一些欢乐。"真是太好了，亲爱的。可是，它戴着头盔，要怎么吃那些美食呢？"

我回头看看我的宇航员。我从没想过，它会想吃那些食物。

一切都是风险

卡拉冲我微笑着，好像知道什么我不知道的秘密。她这一整天，每次以为我没看她，就会露出这个表情。而且她还在唱阿巴乐队[1]的歌《给我一次机会》，那是她最爱的乐队。她跑调跑得太精彩了。我得问问奥利，她唱一首歌没一个音符着调的概率是多少。她就是歪打正着，不也该唱对起码一个音调吗？

中午十二点半了，我有半小时时间吃午饭，然后就要上线上历史课了。但我不饿。

我最近几乎感觉不到饿了。显然，身体只活在网上聊天中，是有可能的。

卡拉没有在看我，于是我打开了邮箱标签页。昨晚之后，奥利给我发了十三条信息，都是凌晨三点左右发的。当然了，他都没有写主题。我轻轻地笑了笑，摇了摇头。

---

[1] 阿巴乐队（ABBA），瑞典流行组合，成立于1972年，1982年解散。

我想读，我急切地想读，但我必须得当心点，卡拉还在房间里呢。我瞄了一眼，发现她在盯着我看，还扬着眉。她知道什么吗？

"那笔记本上什么东西这么有意思？"她问道。天啊，她肯定是知道了。我把椅子往桌边挪了挪，把三明治放在笔记本电脑上。

"没什么。"我说着吃了一口三明治。今天是周二，所以三明治是火鸡肉的。

"肯定有什么，你在那儿笑来着。"她往我这边凑，冲我微笑。她的棕色眼睛的眼角皱起来，满脸微笑。

"猫视频。"我嚼着火鸡肉说。啊，真不该这么说。卡拉最爱猫视频了。

她觉得互联网只有这么一个优点。

她过来了，站在我身后，伸手开电脑。

我放下三明治，把电脑抱在胸前。我撒谎很烂，于是我说出了脑海中冒出的第一个念头。"你不想看这个的，卡拉。不好看，猫死了。"

我们在震惊的沉默中对视了几秒钟。我震惊，是因为我太傻了，我不敢相信我说了那种话。卡拉震惊，是因为我太傻了，她不敢相信我说了那种话。她的嘴夸张地张开，像漫画里画的那样，她圆圆的大眼睛变得更大、更圆了。她弯腰拍了拍自己的膝盖，大笑起来，我从没见过她笑得这么厉害。谁笑的时候真去拍膝盖啊？

"你是告诉我，你想不到别的理由了？只能想到猫死了？"她又笑了起来。

"所以你知道了。"

"啊，我之前要是不知道，现在也该知道了。"

她又笑了笑，拍了拍膝盖。"噢，你真该看看你自己的表情。"

"这不好笑。"我咕哝道，为我暴露了自己而恼火。

"你忘了我家有个你这么大的姑娘啊。罗莎不干好事的时候，我总能察觉到。只不过你啊，姑娘，你真是太不会藏秘密了。我老能看到你看邮箱，还从窗户里看他。"

我把电脑放回桌上。"那你不生我的气？"我舒了一口气。

她把三明治递给我。"这得看情况了。你到底有什么事瞒着我？"

"我不想让你担心我会再伤心。"

她盯着我看了好一会儿。"我需要担心吗？"

"不。"

"那我就不担心。"她把我肩上的头发撩开，说道，"吃吧。"

十五分钟后

"他能不能来做客？"

我提出的这个问题把自己都吓到了，但卡拉却一点儿都不惊讶。

她甚至没有停下手里的动作，她在擦我书架上根本不存在的灰尘。

"青春期的少男少女啊，都是一样的，得寸进尺。"

"这是不同意吗？"我问道。

她笑我。

两小时后

　　我又试了一次："只要半个小时就好。他可以跟沃特曼先生一样消毒，然后——"

　　"你疯了吗？"

又过了十分钟后

“就十五分钟？”

“不行。”

又过了一会儿

"求你了，卡拉——"

她打断了我。"亏我还觉得你没事呢。"

"我是没事啊，我过得好着呢。我只是想见见他——"

"人生不可能一切随心所欲。"她说。我从她冰冷的语调中就听出来了，她肯定是经常对罗莎说这句话。我能看出她后悔对我说了这句话，可她还是没再说话。

她今天该下班了，她走到我的卧室门口，正要出去时停了下来。"你知道的，我不喜欢对你说不。你是个乖孩子。"

我赶紧抓住这个突破口。"他会消毒，然后坐在屋子对面，离我远远的、远远的，只要十五分钟，最多三十分钟。"

她摇摇头，但并不是很坚定。"风险太大了。你妈妈肯定不会答应的。"

"我们不告诉她。"我脱口而出。

她冲我投来一个犀利的失望的眼神。"你们这些女孩啊，以为跟妈妈撒谎真就那么容易吗？"

给等待的人

卡拉之后一个字也没提那件事，直到两天后的午饭时间。

"好了。你听我讲，"她说，"不许触碰。你待在你这边，他待在房间另一头。我已经跟他说过了。"

我明白她说的每一个字，可我不明白她在说什么。"什么意思？你是说他已经来了？他已经在这儿了？"

"你留在你这边，他留在他那边，不许触碰。明白吗？"我不明白，但我还是点头说"是"。

"他在日光房等你。"

"消过毒了？"

她脸上的表情在问我："你以为我是吃素的？"

我站起来，坐下，然后又站起来。

"哦，老天爷，"她说，"赶紧收拾收拾，我只给你二十分钟。"

我的胃没有翻滚，而是在没有防护网的情况下高空翻了个跟头。"你怎么改主意了？"

她走过来，托着我的下巴，盯着我的双眼看了好久，我差点都要开始摆弄手指了。我能看出，她在考虑她要说的话。

　　最终她只是说："你值得拥有一些东西。"

　　罗莎就是这样得到她想要的一切的。她只需提出要求，她善良宽容的妈妈就会满足她。

　　我去镜子前"整理整理"。我差点忘了自己长什么样子了，我都不怎么看自己的。没有人能看到你的时候，你看自己也就没什么意义了。我觉得我继承了父母各一半的特征：我的暖调棕色肌肤是她偏白肌肤和他深棕肌肤的混合；我的头发很蓬，是波浪卷的长发，不像他的小卷，但是也不像她的那么直；就连我的眼睛也是他们两人的完美结合——既不是亚洲人的样子，也不是非裔的样子，而是介于两者之间。

　　我扭过头去，然后再迅速转回来，想看我自己没有刻意摆姿势的时候是什么样子，想看奥利看到的我是什么样子。我试了试大笑，然后再微笑，露牙、不露牙。我甚至还试了试皱眉头，我只能希望我不需要用到这个表情。

　　卡拉看着我对着镜子做各种小动作，又觉得好笑，又觉得困惑。"我几乎能记起我像你这么大的时候了。"她说。

　　我没有转身，而是对着镜子里的卡拉说话："你确定吗？你不觉得风险太大了吗？"

　　"你是反过来劝我放弃吗？"她走过来，一只手搭在我肩上，"一切都是风险，什么都不做也是风险。这由你决定。"

　　我环顾我的白色房间，看着我的白色沙发、白色书架、白色墙壁，一切都安全、熟悉、一成不变。

我想着奥利，消毒之后很冷，还在等着我。他是这一切的反义词：他很危险、他很陌生、他千变万化。

他是我所选择的最大的风险。

完美如未来　第一部分

发件人：玛德琳·古·淮提尔

收件人：genericuser033@gmail.com

主题：完美如未来

发送时间：7月10日，12：30 PM

　　你读到这封邮件时，我们就已经见过面了，而且我们的见面会很完美。

奥 利

　　日光房是我在家里最喜欢的房间。这间房几乎是全玻璃的——玻璃屋顶、玻璃落地窗，窗外就是我们家修剪整齐的草坪。

　　房间的装潢就像电影中拍的热带雨林的场景一样。屋内摆着仿真的茂密的热带植物模型，放着挂着假果子的香蕉和椰子树，到处都是装饰着假花的木槿属植物。房间里甚至还有一条冒泡的小溪，蜿蜒穿过整个房间，但是小溪里没有鱼——至少没有真鱼。家具是老旧的白色藤条家具，看起来像是在太阳下暴晒久了。因为这里是模仿热带雨林，我妈妈还在房间里开着热风扇，微微的热风穿梭在房间里。

　　大多数日子，我喜欢这里，因为我喜欢想象，天花板上的玻璃没了，我在"外面"了。而其他日子里，我会感觉自己像一条住在水族馆里的鱼。

　　我到房间里的时候，奥利已经爬到了石墙的正当中，手和脚都卡在石头缝里。我走进来的时候，他正用两根手指捏一片大香蕉叶。

　　"不是真的。"他说。

　　"不是真的。"我与他同时说了出来。

他放开叶子，但还是挂在墙上。爬墙对他来说就跟我们普通人走路一样稀松平常。

　　"你要一直待在上面吗？"我问道，因为我不知道该说什么好。

　　"我在考虑呢，玛蒂。卡拉说我得离你尽量远些，这位女士看起来可不是好惹的人物。"

　　"你可以下来，"我说，"卡拉没有看起来那么可怕。"

　　"好吧。"他轻松地落地。他把双手插进口袋里，双脚交叠，往墙上一靠。我觉得我从没见过他这样安静，我觉得他是怕吓到我。

　　"也许你该进来。"他说，我这才意识到我还站在门廊里，手抓着门把手。我关上门，但眼睛一直盯着他看。他的目光也跟随着我的动作。

　　我们聊天聊了那么多，我觉得我认识他了，可现在他站在我面前，这种感觉全然消失了。他比我想象中要高，肌肉要发达得多，但不是那种特别健壮的样子。他的胳膊瘦而有型，肱二头肌把黑色短袖的袖子撑得鼓鼓的，他的肤色是晒得健康的金棕色。他的肌肤摸起来一定很温暖吧。

　　"你跟我想象中的不一样。"我脱口而出。

　　他笑起来，右眼正下方挤出一个酒窝来。

　　"我知道，更性感，对吧？没关系的，你可以这么说。"

　　我大笑起来："你这么厚的脸皮，走路不累吗？"

　　"我有肌肉嘛。"他反驳道，边说边动了动胳膊上的肌肉，还夸张地扬起一边的眉毛。

我的紧张感刚刚退去一些，可他盯着我笑，沉默了好几秒之后，我又紧张起来了。

"你的头发真的很长。"他说，"你没说过你有雀斑啊。"

"我该说吗？"

"说不定有人不喜欢雀斑呢。"他露出微笑，酒窝又回来了，真可爱。

我走到沙发边，坐下来。他则靠着房间另一端的石墙。

"我的雀斑可是我存在的核心。"我说。这话太傻了，因为我存在的核心当然是我的病，是我不能出家门。我们两人同时意识到这一点，又都笑了起来。

"你好幽默。"笑过之后，他说。

我微微一笑。我从没觉得自己是个幽默的人，但我很高兴他这么觉得。

我们尴尬了片刻，不知该说什么。这段沉默要是放在网上聊天中，就不会有这么明显了。我们可以把这归咎于许多原因。可此刻，在真实的生活中，我们两人似乎头顶上都冒着空白的对话框。实际上，我头顶的对话框一点也不空，可我不能告诉他他的眼睛有多美啊，他的眼睛确实是大西洋蓝的，跟他说的一样。这很奇怪，我当然早就知道了。可知道与亲眼看到的区别，就像是梦想飞起来和真正飞起来的区别。

"这房间真酷。"他边打量着房间，边说。

"是啊。我妈妈弄这个房间是为了让我感觉在外面。"

"有用吗？"

"大多数时候有用。我的想象力很不错。"

"你真的像童话一样，玛德琳公主和玻璃城堡。"他又安静了下来，似乎是在酝酿什么。

"你可以问我的。"我说。

他的手腕上戴了一条黑色橡皮筋，他拉了几下橡皮筋，才接着说："你病了多久了？"

"从生下来就是。"

"你要是出门了，会发生什么？"

"我的头会爆炸，或者我的肺，或者心脏。"

"这种事你怎么能开玩笑？"

我耸耸肩。"我怎么能不开玩笑？再说了，我只是试着不去想我不能拥有的东西。"

"你真是禅道大师，你可以开课的。"

"学这个可要花很长时间。"我回应了他的微笑。

他蹲下来，然后坐在地上，背靠着墙，前臂放在膝盖上。即使他没有动，我也能感觉到他想动的欲望。这个男孩就是动能的化身。

"你最想去的地方是哪儿？"他问道。

"外太空除外？"

"没错，玛蒂，外太空除外。"我喜欢他喊我玛蒂的感觉，像是他已经那样叫我很久很久了。

"海滩，大海。"

"你想让我给你描述吗？"

我点头，渴望的样子比我自己设想的要夸张得多。我的心跳开始加速，像是我要做什么坏事了。

"我看过图片和视频，但是在水里到底是什么感觉？跟在超大的浴缸里洗澡一样吗？"

"有点像，"他慢慢说，边说边思考，"不，我收回。在浴缸里洗澡是让人放松的。在海里却让人害怕，又湿又冷，还咸，还有可能丧命。"

这与我想象中可不一样。"你讨厌大海？"

他咧嘴笑了起来，投入了这个话题中。"我不讨厌大海，我尊敬大海。"他举起一根手指头来，"尊敬。大海是大自然母亲最杰出的作品——强大、美丽、包容、有杀伤力。想一想，那么多水，可你却还可能因口渴而丧命；而海浪会让你站不稳，让你更容易溺水。大海可以将你一口吞掉，再把你吐出来，却根本意识不到你的存在。"

"我的天，你肯定是害怕海！"

"我们还没说到大白鲨、咸水鳄、印尼腭针鱼，还有——"

"好了，好了。"我说着，边大笑边举起双手让他停下来。

"这不是玩笑。"他假装严肃地说，"大海是能杀掉你的。"他冲我眨眨眼，"看来大自然是个不细心的母亲。"

我笑得太厉害，顾不上回话。

"那你还想知道什么？"

"听了这个之后吗？什么都不想知道了！"

"来嘛。我可是智慧的源泉。"

"好吧，那你给我表演一个你那种疯狂的特技。"

一眨眼的工夫，他就站了起来，开始以批判的目光打量房间。"空间不够，咱们出去——"他话说到一半，停了下来，"哎呀，玛蒂，抱歉。"

"别，"我站起来，伸出一只手来，"别可怜我。"我的语气有些生硬，但这点非常重要。我不能忍受他可怜我。

他拉了一下橡皮筋，点了一下头，然后转换了话题。"我可以单臂倒立。"

他从墙边走开一点，往前一倾，双手撑着倒立起来。他做得那么优雅、那么轻快，我甚至嫉妒了片刻。对自己的身体有如此全面的自信，是怎样的感觉呢？

"太厉害了。"我轻声说。

"咱们又不在教堂里。"他轻声"喊"道，因为倒立着，声音有些紧绷。

"我不知道为什么，"我说，"就是觉得应该安静。"

他没有回答。他只是闭上眼，开始慢慢把左手从地板上移开，伸到边上去。他几乎纹丝不动。小溪轻柔的冒泡声和他略重的呼吸声是房间里仅有的声音。他的短袖边缘掉了下来，我能看到他腹部健壮的肌肉。那里的皮肤也是温暖的金色。我挪开了视线。

"好了，"我说，"你可以起来了。"

我还没来得及眨眼，他就站了起来。

"你还能做什么？"

他揉搓双手，冲我笑着。

他来了个后空翻之后，又靠着墙坐下，闭上眼。

"对了，你为什么先想到的是外太空？"他问道。

我耸耸肩。"应该说，我想看整个世界吧。"

"可大多数人说想看世界，都不是那个意思。"他微笑着说。

我点点头，也闭上眼。"你有没有觉得——"我开了口，却见门打开了，卡拉冲进来赶他出去。

"你们没有触碰吧？"她双手叉腰，问道。

我们两人都睁开眼，盯着对方。突然间，我对他的身体、我的身体都特别在意起来。

"没有触碰。"奥利回答道，他的目光一直没离开我的脸。不知怎的，他的语气让我红了脸，热量从我的脸上一直蔓延到胸口。

人体自燃是会发生的，我很确定。

← → ✕ ↻ | webdoc.com

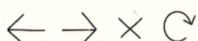

下腹蝴蝶颤动
综合征

这一病症表现为，腹部有一只或多
只帝王蝶居住。

蝴蝶

胃

什么人群会受到该综合征的影响?

该病症每三十秒会影响到至少一名美国青少年。

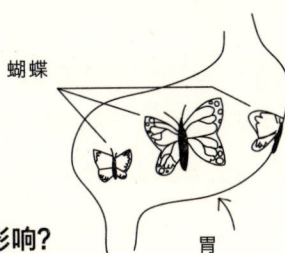

症状

- 🦋 恶心
- 🦋 心跳加速
- 🦋 无法集中注意力
- 🦋 胃部"翻滚"
- 🦋 晕眩

病因

该综合征通常是由与恋爱对象的接触引发的。据患者描述，不光接触期间有病症表现，接触之后病症也会持续。病情严重者单单想起恋爱对象，就会表现出症状。同时还伴有无法把该恋爱对象排出脑海的症状，该病症……

（点击阅读更多）

视　角

　　第二天早上，卡拉来上班前，我花了整整十三分钟的时间，躺在床上，告诉自己我病了。她则花了六分钟时间，说服我我没病。她给我量了体温、血压、心跳和脉搏，告诉我，我只是得了相思病。

　　"典型症状。"她说。

　　"我没有恋爱，我不能爱上别人。"

　　"为什么不能？"

　　"有什么意义呢？"我举起双手说，"我爱上一个人，就像没有味蕾的人去当美食鉴赏家，或者是色盲当画家，或者是——"

　　"独自一人裸泳。"

　　这把我逗笑了。"没错。"我说，"就是没有意义。"

　　"不是没有意义。"然后她严肃地看着我，接着说道，"你不能经历所有事，不代表你不应该经历任何事。再说了，注定悲剧的爱情是人生第一部分。"

　　"我没有恋爱。"我又重复了一次。

"那你也没有病。"她反驳道，"所以没什么好担心的。"

那天上午剩下的时间里，我都无法集中注意力，没法读书，也没法做作业。即使卡拉说了我没病，我还是密切关注着我的身体和我的感受。我的指尖在痒吗？它们平时会有这种感觉吗？我为什么觉得呼吸困难？胃翻多少个跟头之后会打成结？我让卡拉多给我测几回体征，结果都很正常。

到了下午，我注意到卡拉说的话可能有些道理。我并没有恋爱，但我喜欢上了一个人，非常喜欢。我漫无目的地在房子里走来走去，到处都能看到奥利的影子。我看到他在我家厨房里烤一摞吐司当晚餐，看到他在我家客厅里跟我痛彻心扉地看《傲慢与偏见》，看到他在我的卧室里，一身黑衣，躺在我的沙发上睡着了。

我看到的还不只是奥利。我不停地想象自己飞在地球上空。我在宇宙边缘，能一眼看到整个地球。我的视线不会被墙和门所遮挡。我能看到时间的起始与终止。我在那里可以看到无尽。

很久以来，我第一次想要得到我还没有拥有的东西。

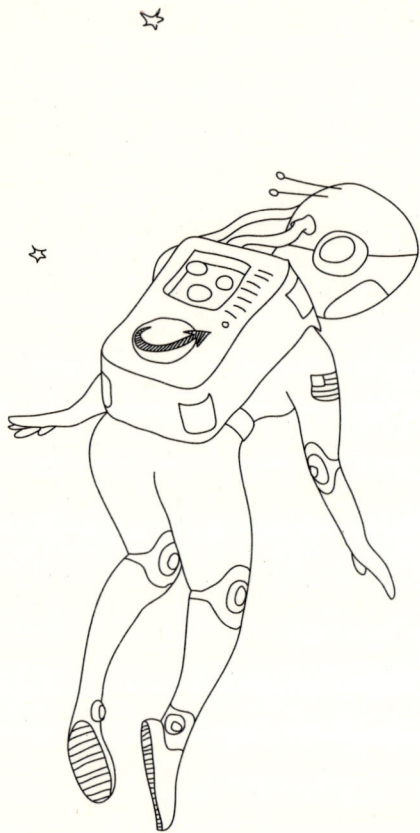
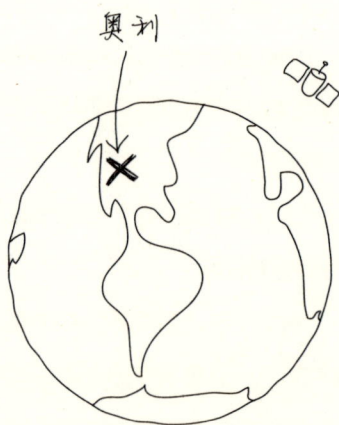

仙　境

欲望将我生硬地拽回到地球上来。欲望让我害怕，它就像缓缓扩散的野草，让你注意不到它的扩张。你还没反应过来，它就遮住了你的家具，弄黑了你的窗子。

我给奥利发了一封电邮。我说我这周真的很忙，我需要好好睡觉，我需要专心。我关掉电脑，拔掉电源，把它埋在一摞书下面。卡拉扬起一道眉毛来质问我，我对她横着两道眉，表示不会回答。

周六的大部分时间我都在被代数折磨。数学是我最不喜欢的科目，也是我最差的一科。两者之间可能有些联系。到了傍晚，我开始重读详解加绘图版《爱丽丝梦游仙境》。卡拉收拾东西下班时，我几乎都没注意到她。

"你们吵架了吗？"她问道，点头示意我的电脑。我摇摇头，但不想再说其他。

到了周日，想看邮件的冲动已经快要遏制不住了。我想象着我的收件箱里全是奥利发的没有主题的邮件。他还在问我五个最爱快问快答的问题吗？他想要人陪，想躲避他的家庭吗？

"你没事的。"卡拉那天傍晚出门时跟我说。她吻了我的额头，我似乎又变回了一个小女孩。

我把《爱丽丝梦游仙境》拿到我的白色沙发上，接着读起来。卡拉说得当然没错，我是没事，可是，我跟爱丽丝一样，在艰难地寻找正确的路，不想迷失。我不停地想我八岁那年。那时我连续很多天把额头贴在玻璃窗上，为了毫无结果的欲望害得自己落下瘀青。一开始我只是想看看窗外，可接着我就想去外面了。然后我就开始想跟邻居的孩子们玩儿，跟所有的孩子玩儿，做个正常的孩子，就一下午，然后是一天、一辈子。

于是，我没有看邮件。有一件事我是确定的：欲望只能引发更多的欲望，欲望是没有尽头的。

人生苦短™

玛德琳的剧透书评

《爱丽丝梦游仙境》，刘易斯·卡罗尔

关键情节透露：警惕红皇后，她会砍掉你的脑袋。

让你变得更加强大

　　奥利没有给我发邮件，一封也没有，我甚至还检查了垃圾邮件文件夹。我不应该在意这件事的，我也不在意，我没那么在意。为了做事做彻底，我在大概两秒的时间里刷新了三次。也许它藏在什么地方，被卡在另一封邮件后面。

　　卡拉进门时，我正打算再刷新一遍。

　　"我觉得你挖不出什么来了。"她说。

　　"早上好。"我边回边眯着眼看屏幕。

　　她微笑着开始拿出包里的医疗器械。对于她为什么不直接把东西留在这儿，我是不理解的。

　　"你皱什么眉啊？又看到死猫视频了？"她露齿而笑，嘴咧得像柴郡猫似的。我觉得她的身体随时都可能消失，剩下一张飘浮在空中的咧嘴笑的脸。

　　"奥利没有给我发电邮。"

　　我觉得"不知所措"这个词适合形容她的表情。

"一整个周末都没发。"我又强调道。

"哦。"她把听诊器的耳塞塞进耳朵里，又把温度计放在我的舌头下面。"你给他发了吗？"

"发了。"我咬着温度计，含混不清地说。

"别说话，点头就行了。"

"要说。"

她翻了个白眼，我们等着温度计时间到。

"37.6 ℃。"我说着把温度计递回给她，"我告诉他不要给我发信息了。我是太可笑了吗？"

她指示我转过身去，好让她听我的肺，但没有回答我的问题。

"有多可笑？"我问道，"从一到十，一是非常理智、非常有逻辑，十是非常荒谬、非常疯狂。"

"大概八吧。"她毫不犹豫地答道。

我本以为她会说十二呢，所以八似乎就是胜利了。我这样跟她说，她开始笑我。

"所以，你告诉他不要给你发信息，然后他就没发。你就想告诉我这个？"

"呃，我没有用大写加粗字体写'不要发信息'啊，我只是说我很忙。"我以为她会取笑我，可她没有。

"那你怎么不给他发信息？"

"原因我们都谈过了啊，我喜欢他。卡拉，很喜欢，太喜欢了。"

她脸上的表情在问我：就这样？"你真的想因为害怕一点点心痛，

就失去你唯一的朋友？"

　　我读过许多许多讲心痛的书，从没有一本书把心痛写成"一点点"。"撕心裂肺""肝肠寸断"都有，可"一点点"实在是没有。

　　她靠在沙发靠背上。"这你还不懂，会过去的。只是新鲜感跟荷尔蒙而已。"

　　也许她说得对。我希望她说得对，那样我就能接着跟他说话了。她向前倾身，冲我眨眨眼。"还有一个原因，他真的很可爱。"

　　"他确实可爱，对吧？"我咯咯笑了起来。

　　"亲爱的，我本来以为现在的孩子没那么好看的型号了呢！"

　　我也笑了起来，想象着一个工厂的流水线上摆着一行小奥利。他们得怎么做才能保证这些奥利安静不动，等着打包、运输呢？

　　"去吧！"她拍了拍我的膝盖，"你害怕的事已经够多了。爱是杀不掉你的。"

不，是，也许

周一，8：09 PM

玛德琳： 嗨。

奥利： 嘿。

玛德琳： 你怎么样啊？周末过得怎么样？

奥利： 还好，不错。

奥利： 你呢？

玛德琳： 挺好的，不过很忙。我基本都在做代数作业。

奥利： 啊，代数啊，关于变化的数学。

玛德琳： 哇哦，你真的没开玩笑？真喜欢数学？

奥利： 没开玩笑。

玛德琳： 上一封邮件的事，我很抱歉。

奥利： 哪一部分？

玛德琳： 整封邮件，你生我的气吗？不，是，也许？

奥利： 不，是，也许。

玛德琳：我觉得这几个答案不能一起用吧。

奥利：你为什么要发那个？

玛德琳：我害怕了。

奥利：害怕什么？

玛德琳：害怕你。

玛德琳：你也没再给我发信息。

奥利：你不想让我发啊。

玛德琳：……

奥利：省略号是说我们尴尬了，还是说你在思考？

玛德琳：都有。

玛德琳：你为什么这么喜欢数学？

奥利：你为什么这么喜欢书？

玛德琳：这不是一回事！

奥利：为什么？

玛德琳：你能在书中找到人生的意义。

奥利：人生有意义？

玛德琳：你开玩笑吧？

奥利：有这个可能。

奥利：你在哪本书中能找到人生的意义？

玛德琳：好吧，也许不是一本书，但你读得足够多，就能找到。

奥利：这就是你的计划？

玛德琳：呃，反正我有的是时间。

玛德琳：……

奥利： 在思考？

玛德琳： 是的，我觉得我想到办法解决咱们的问题了。

奥利： 洗耳恭听。

玛德琳： 咱们商量好，只做朋友，好吗？

奥利： 好。

奥利： 但你不许再盯着我的肌肉看了。

玛德琳： 朋友，奥利！

奥利： 还有我的眼睛。

玛德琳： 不许再说我的雀斑了。

玛德琳： 还有我的头发。

奥利： 还有你的嘴唇。

玛德琳： 还有你的酒窝。

奥利： 你喜欢我的酒窝？

玛德琳： 朋友！

奥利： 好吧。

时　间

　　卡拉让我们等一周的时间再见面。她想确认，当我们两个在同一房间里时，他不会触发我的什么症状。即使我同意她的观点，我们应该等等，确认安全，可这一周的时间对我来说却是度日如年。我几乎相信了，时间是真的（不是夸张手法）慢了下来，但这种事要是真发生了，是会上新闻头条的。

42 项目名称 ___消磨时间的技巧___ 笔记本编号 __29__

方法一
看影子

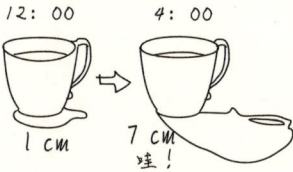

12:00   4:00

1 cm   7 cm
哇!

方法二
看胶干

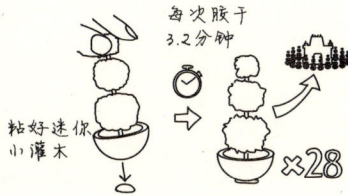

每次胶干
3.2分钟

粘好迷你
小灌木   ×28

方法三
刷新邮件

收件箱(0) ⇒ 收件箱🔄 ⇒ 收件箱(0)

方法四
整理书

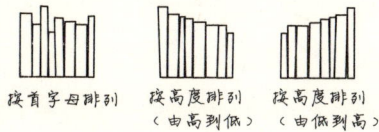

按首字母排列   按高度排列   按高度排列
　　　　　　　（由高到低）　（由低到高）

感官时间 VS 实际时间

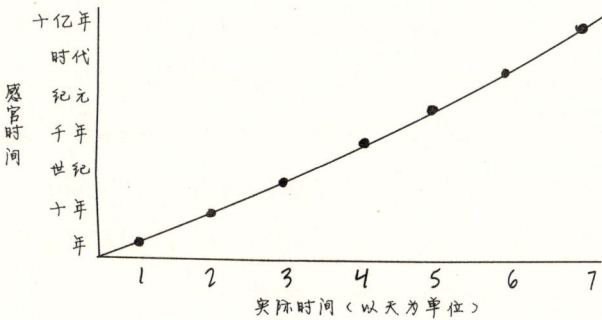

感官时间

十亿年
时代
纪元
千年
世纪
十年
年

实际时间（以天为单位）

签　名 __玛德琳__

已阅且接受 _____

魔镜，魔镜

　　一个纪元过去之后，这一周终于结束了。我既激动又开心，却得努力抑制住。这比想象中要难。刻意不微笑只会让你更想微笑。

　　卡拉看着我，纠结该穿什么好。这事我之前没怎么考虑过。说实话，我根本没有思考过。我的衣柜里只有白色短袖和蓝色牛仔裤。牛仔裤是按款式排列的——直筒、紧身、喇叭裤、阔腿裤，还有一种名字比较可笑，叫"男朋友风"。我的鞋子——都是科迪斯牌布鞋，都是白色的——在房间一角堆成一堆。我在家里也几乎从来不穿鞋，我现在有些担心能不能找到能穿上的。我在鞋堆里翻了翻，找到一只左脚的、一只右脚的，大小一样。能穿上，但只是刚刚能塞进去。我站在镜子前打量自己，上衣是应该和鞋子搭配，还是应该和包搭配呢？我的棕色皮肤配白色好看吗？我在心里备忘，一会儿要买哪些东西。我要买所有颜色的短袖，直到找到最适合我的。

　　我第五次问卡拉，我妈妈出门了没有。

　　"你知道你妈妈的，"她说，"她这辈子迟到过一次吗？"

我妈妈对守时的信仰跟其他人对上帝的信仰差不多。"时间宝贵,"她说,"浪费别人的时间是粗鲁的。我甚至不许周五晚餐迟到。"

我看着镜中的自己,把深领的短袖换成了低圆领的,并没有什么理由。或者说,是有理由的。理由就是为了等奥利的时候有些事做。

我再次希望我能跟妈妈谈这件事。我希望我能问她,为何我想起他就会呼吸短促。我想跟她分享我的少女心。我想告诉她奥利说的搞笑的事。我想告诉她,我即使努力,也无法停止想他。我想问她,她一开始是否也是这样想爸爸的。

我告诉自己,没关系的。我上次见了他之后没有生病,他明白规则的——不许触碰,要经过全面的消毒,他要是怀疑自己快生病了,也是不能来看我的。

我告诉自己,跟妈妈撒谎没什么坏处。我告诉自己,我是不会生病的。我告诉自己,交朋友没什么坏处。

我告诉自己,卡拉说得对,爱是杀不死我的。

预　报

　　我进房间的时候，奥利又挂在墙上了，这一次他爬到了顶上。

　　"你的手指就不累吗？"我问他。

　　"我有严格的计划训练它们呢。"他说着冲我笑。我的胃又小小地翻滚了一下，我真得习惯这种感觉了，这几乎成了见他的副作用。

　　我昨天在这个房间里做的作业。我知道我离开时房间的样子，可现在感觉却不一样了。这房间里有了奥利，多了许多生气。若是房间里所有的假植物、假树都变成真的，我也不会太惊讶。

　　我走到沙发旁，在离他最远的角落里坐下。墙的另一头，他盘腿坐下，靠在墙上。

　　我坐在沙发上，调整我乱糟糟的头发，然后手臂环腰。为什么跟他在一个房间里，我就会这样在意我的身体所有的部位？他甚至让我在意起了自己的皮肤。

　　"你今天穿鞋了。"他注意到了。他绝对是个细心的观察者，那种能发现你重新挂了一幅画或是摆了一个新花瓶的男孩。

我低头看我的鞋子。"我有九双一模一样的鞋。"

"那你还批评我的衣服单调？"

"你只穿黑色衣服！看起来毛骨悚然的。"

"我跟你说话还得捧本字典。"

"'毛骨悚然'就是与尸骨有关，让人害怕的意思。"

"这个释义可没什么帮助。"

"简单点说，就是你是死亡天使。"

他笑嘻嘻地说："夺魂镰刀暴露了，是吧？我还以为我藏好了呢。"

他换了换姿势。现在他躺在地上，膝盖弯曲，双手在脑后交叉。

我又无缘无故地换了换姿势，双腿贴胸，双臂环膝。我们的身体在进行一场单独的对话。这就是友谊与更进一步的关系之间的区别吗？是我对他的这种特殊的在意吗？

空气过滤系统还在运转，发出一种嗡嗡声，比风扇的声音略低。

"这玩意儿什么原理？"他扫视着天花板，问道。

"这是工业标准。窗户都是密封的，空气只能从屋顶的空气过滤系统进来，直径超过零点三微米的东西都会被过滤掉，而且循环系统还会每四小时就把房子里的空气全部换一遍。"

"哇哦。"他转头看看我，我看得出他正在理解我到底病得有多重。

我扭过头去。"这些都是用赔偿金弄的。"不等他问，我就补充道，"撞死我爸爸和我哥哥的大卡车司机开着车睡着了，他连着倒了三班。他们跟我妈妈调解，赔了钱。"

他再次抬头望着天花板。"抱歉。"

"说来奇怪，我不是很记得他们了。其实，我对他们没有任何印象。"我试图忽略每次想起他们心中都会泛起的感觉。是忧伤，却又不是忧伤，紧接着又是愧疚感。"怀念你从未拥有过的东西很奇怪——或者说，你不记得你拥有过。"

"不是很奇怪。"他说。我们两人都沉默了一会儿，他闭上了眼睛。

"你有没有想过，你要是能改变一件事的话，你的人生会有多么不同？"他问道。

我通常不会这么想，但我最近开始这样想了。我要是没病的话，会怎样？我爸爸和我哥哥没有死的话，会怎样？不去想不可能发生的事，正是我之前心静的原因。

"每个人都觉得自己是特别的。"他说，"每个人都是一片独一无二的小雪花，对吧？我们都是独特而复杂的。我们永远也不可能完全了解人心，不是吗？"

我缓缓点头，我很确定，我同意他的这句话，可同时又很确定，我会不同意他的下一句话。

"我觉得那是瞎话。我们不是雪花。我们只是一系列输入数据得出的输出数据而已。"

我停止了刚刚点头的动作。"就像公式？"

"对，就像公式。"他用手肘撑着身体半坐起来，看着我说，"我觉得有那么一两个输入值是非常重要的。你要是找出那一两个输入值，就弄明白了一个人。你可以预测关于此人的一切。"

"真的吗？我该怎么回答？"

他冲我眨眨眼。"你觉得我没人性，是异端分子，是——"

"妄想家。"我接了他的话，"你不是真的觉得我们都是数学公式吧？"

"有这个可能啊。"他又躺了下去。

"但你怎么知道该改变哪个输入值？"我问道。

他长长叹了一口气，听起来很纠结。"对啊，那就是问题所在。即使你能算出来该改变的是哪一项，又该改变多少呢？你要是改变得不够精准怎么办？那样你就无法预测你得到的新输出值了。你可能会让结果变得更糟糕。"

他再次坐起来。"不过，你可以想象一下，你改变了正确的输入值，你可以在出现任何问题之前就做补救。"最后这一句他是轻声说的，但是他的语气中带着一股怨气，一个不断尝试解决同一个问题的人会表现出的那种怨气。我们的目光再次相遇，他看起来有些尴尬，像是他揭露了自己本没有想曝光的秘密。

他又躺下了，用一只前臂遮住双眼。"这个问题就是混沌理论。一个公式的输入值太多了，即使很小的输入值，作用也远比你想象中要大。你永远也无法做到精确测量。不过呢，如果你可以的话，你就能写一个公式来预测天气、未来、人。"

"可是混沌理论是说你做不到吧？"

"是的。"

"你需要一堆数学家来告诉你，人是不可预测的吗？"

"这你早就明白了？"

"书啊，奥利！我看书就明白了。"

他大笑起来，滚了一下，侧身躺着，接着笑。他的笑有传染性，我也跟着笑起来，整个身体都在回应他的笑。我寻找着那个我不该注意的酒窝。我想把指尖放在他的酒窝里，让他一直微笑下去。

也许我们不能预测所有事，但有些事是能预测的。比如说，我现在肯定是爱上奥利了。

但这肯定会是一场灾难。

玛德琳的字典

迷恋（mí liàn），名词

对极度有趣的某物（某人）产生的强烈的、通常是极度的爱慕。

[2015，淮提尔]

秘　密

　　我跟奥利在网上聊天的时间太长了，已经影响到了我的正常生活。我在跟妈妈看电影的时候睡着了，不止一次，而是两次。她开始担心我是不是出了什么问题，我的免疫系统是不是被破坏了。我告诉她问题很简单，我只是睡眠不足。我想我是理解的，在这种情况下，她那医生的大脑会最先想到最坏的情况。她把我已经知道的事实重复讲给我听，因为我的病，睡眠不足对我来说可不是好事。我向她保证多睡觉。于是那晚我只跟他聊到深夜两点钟，而不是像我们平时那样，三点才下线。

　　不跟我妈妈谈对我越来越重要的这件事——这个人，是很奇怪的。我和我妈妈的关系在渐渐疏远，可这不是因为我们相处的时间少了，也不是因为奥利在取代她，而是因为我长这么大以来，第一次有了秘密。

感谢你的购买

Email

写邮件

收件箱
发件箱
草稿箱
垃圾邮件
更多 ▼

感谢你在蓝标网上的购买

🖨 ⬚

bt | 发件人：蓝标消费者服务
　　收件人：我 ▣

☆ ↩ ▼

支付信息

波林·淮提尔

Visa **** **** **** **4492**

金额: $236.19

物品	描述	数量	金额
👕	经典款T恤（跳跃橙色）	1	$29.99
👕	经典款T恤（欣狂蓝色）	1	$29.99
👕	经典款T恤（苔藓绿色）	1	$29.99
👕	经典款T恤（迷人褐色）	1	$29.99
👕	经典款T恤（焦躁黑色）	1	$29.99
👕	经典款T恤（紧张白色）	1	$29.99
👟	帆布鞋（绚蓝色）	1	$54.99

数字学

数字统计

昨晚奥利父亲回到家后几分钟开始喊叫：

8

抱怨该死的烤牛肉烤过了的次数：

4

奥利妈妈道歉的次数：

6

奥利父亲因为凯拉的黑色指甲油骂她"怪人"的次数：

2

奥利妈妈几分钟之后开始擦凯拉的指甲油：

3

奥利父亲说他知道有人在偷喝他那该死的威士忌的次数：

5

奥利父亲说他是家里最聪明的人的次数：

2

说所有人都别忘了，他是唯一挣钱的人的次数：

2

奥利在凌晨三点给我发信息时，我用了几个双关的笑话把他逗乐：

5

他在我们聊天时发了几条"没关系"：

7

我昨晚睡了几小时：

0

凯拉今早在花园里埋了几个烟头：

4

奥利妈妈身上能看到的瘀青：

0

不能看到的：

无法确定

我还得等几小时才能再见到奥利：

0.5

奥利说

第二天我再次看到他的时候，他不在墙上。这一回，他的姿势是他惯用的放松动作（我已经能认出了）：双手插兜，不停地踮脚。

"嗨。"我从门口说，我还在等待我的胃停止疯狂的"奥利舞蹈"。

"嗨。"他的声音低沉，有些沙哑，听起来像是没睡好觉。

"感谢昨晚的聊天。"他说着，目光一路跟随我到沙发上。

"不客气。"我的声音也有些沙哑、低沉。他今天的脸色比平时要苍白一些，他的肩膀向前耷拉，即使这样，他也还是在动。

"有时候我真希望我能消失，不管他们了。"他坦白，他为此而羞愧。

我想说些什么，可我不想随便说。我想说能完美宽慰他的话，让他暂时忘记他的家庭，哪怕只有几分钟，可我想不出该说些什么。这就是人们需要触碰的原因：有时候话语是不够的。

我们的目光相遇，我不能拥抱他，于是我用双臂环住自己的腰，紧紧抱着自己。

他扫视着我的脸，仿佛是在回忆什么："我为什么会觉得我认识你好久了？"

　　我不知道答案，但我知道我也有这样的感觉。他不动了，在脑海中做出了他要做的决定。他说："你的世界可以在一瞬间被颠覆。"

　　他说："没有人是完全无辜的，也许你除外，玛德琳·淮提尔。"他说他爸从前不是这样的。

混沌理论

　　十岁的奥利跟他爸爸在一起，坐在他们在纽约的顶层公寓里的早餐吧台前。这是圣诞时节，所以外面也许在下雪吧，又或许是雪后初晴。这是一段回忆，所以其中细节并不确定。

　　他爸爸刚做了热可可。他是个鉴赏家，热可可是自己亲自动手做的，而不是速溶的，他以此为荣。他把真正的烘焙巧克力融化成可可浆，用"全脂"牛奶冲的。他拿出奥利最爱的马克杯，先倒了一层巧克力，再加上六盎司的热牛奶，牛奶提前在炉子上煮到临近沸点——不能用微波炉加热。奥利把牛奶和巧克力搅拌均匀，他爸爸从冰箱里取了淡奶油——也是现做的。奶油是微甜的，是一种让你保持欲望的微甜。他挖起一勺或是两勺，放进奥利的马克杯里。

　　奥利举起杯子，吹了吹已经开始融化的稀奶油。奶油像座迷你冰山一样，在液体的表面上滑开。他的目光越过杯子，看着他爸爸，想揣测他此刻的情绪。

　　最近他的情绪不好，比通常还要差。

　　"牛顿也有错的时候，"他爸爸说，"宇宙不能用决定性原理来描述。"

奥利摇晃着双腿。他喜欢爸爸跟他这样说话，"正面交手"，这意味着他是大人了，即使他有时候并不明白爸爸在说什么。自从他爸爸开始暂时不上班起，他们之间这样的对话越来越多了。

"那是什么意思？"奥利问道。

他爸爸总是等他提问，再开始解释。

"意思是，一件事的发生不一定总会引发另一件事。"他说着，喝了一口热巧克力。不知为什么，他爸爸从来不在喝之前吹一吹，而是直接开始喝。"意思是，你即使没做错任何事，你的生活还是可能会糟糕透了。"

奥利嘴里含着一口热可可，盯着马克杯。

几周前，奥利的妈妈跟他解释道，爸爸要在家待一段时间，直到工作上的事处理好。她不说到底出了什么问题，但奥利听到了"造假""调查"之类的词。他不清楚这些词到底什么意思，只知道爸爸对他、对凯拉和对妈妈的爱似乎比从前少了。他爱他们越少，他们就要越努力地让他爱。

电话响了，他爸爸跨着大步子走去接电话。

奥利咽下了口中的热可可，仔细听着。

一开始，他爸爸的语气是工作时用的语气，带些怒气，却又很放松。可是，最终他的声音变成了彻底的愤怒。"你要开除我？你不是才说了那些浑蛋觉得我没问题了吗？"

奥利也跟着生起气来，替他爸爸生气。他放下马克杯，从高脚凳上下来。

他爸爸在房间里来回踱步，脸上阴云密布。"我不在乎那该死的钱。别这样，菲尔。你要是开除我，所有人都会以为——"

他停止了走动，把电话从耳边拿开。漫长的一分钟里，他什么也没说。奥利也跟着僵住了，他希望这个菲尔说的下一句话能让一切都好起来。

"上帝，你们不能这样对我，这样会搞得没有人敢用我的。"

奥利想到他爸爸身边去，告诉他一切都好，可他不能，他太害怕了。

他悄悄从房间里溜了出去，带走了他的热可可。

奥利的爸爸第一次在下午喝醉了——充满暴力的那种醉，用尽全力尖叫的那种醉，好几个月都记不起之后一天发生了什么的那种醉。他在家里窝了一整天，跟电视上的金融新闻吵架。一个新闻播报员提到了他从前工作的那家公司，他就怒气冲天。他把威士忌倒进一个高脚杯，再混入伏特加和杜松子酒。他用一把长勺把酒调匀，酒从威士忌的淡琥珀色变成了清水般的颜色。

奥利看着杯中的颜色渐渐变淡，想起他爸爸被炒的那天，想起他当时太害怕，不敢去安慰他。他要是去了——事情就会不同吗？会吗？

他想起他爸说，一件事不一定就会引发另一件事。

他想起那天坐在早餐吧台旁，将牛奶和巧克力搅匀。巧克力是如何变白的，牛奶又是如何变成棕色的。他想起有时候，你再努力，也不能改变已经变得复杂混沌的情况。

计算下列方程式中Z的值为多少

$$X + Y = Z$$

X未知，且不可解
Y未知，且不可解

签 名 _玛德琳_
已阅且接受 _____

双玛蒂记

  "你妈问我最近有没有注意到你出现了什么变化。"卡拉从客厅对面说。

  我正在看汤姆·克鲁斯演的第一部《碟中谍》电影。他演的是一个超级间谍——伊森·亨特，他过着二重生活，有时甚至是三重、四重。电影快到结尾时，伊森才摘下自己的面具——这可不是比喻哦——去抓坏人。

  卡拉又重复了她的话，这次声音大了一些。

  "你注意到了吗？"我问道，这时伊森正在摘下他的仿真面具，露出真面目。我歪歪头，找到更合适的角度。

  卡拉抓起我手中的遥控器，按下暂停键，然后把它扔到了沙发角落里。

  "怎么了？"我问，因为忽略她觉得有些愧疚。

  "你，还有那个男孩。"

  "什么意思？"

她叹了口气，坐下来："我当初同意让你们见面，就知道这是个错误。"

　　现在我在全神贯注地听她讲了。"我妈说什么了？"

　　"你是不是取消了跟她的电影之夜？"

　　我就知道我不该那么做的。她当时看起来好受伤、好失望，但我不想等到九点之后再跟奥利聊天。我跟他聊天就像上瘾了，永远聊不够，我的话似乎无穷无尽。我想跟他说的永远都说不完。

　　"她说你总是心不在焉，你还订了一堆衣服，还有鞋子。玩你总赢的游戏时，她差点就赢了你。"

　　哦。

　　"她怀疑了吗？"

　　"你就只担心这个？你听到我说的话了吗？你妈妈想你了，没有你她很寂寞。你真该看看她告诉我这些时的表情。"

　　"我只是——"

　　"不。"她说着，举起一只手来，"你不能再跟他见面了。"她拿起刚刚扔下的遥控器，紧紧抓在手里，目光四处游走，就是不直视我。

　　我的心跳因为恐慌而加速："卡拉，拜托了，求你不要夺走他。"

　　"他不是你的！"

　　"我知道——"

　　我知道她这么说是为了保护我，就像几周前我想保护我自己那样。可她的话让我意识到，我的心与我身体里的其他肌肉无异，心是会被伤到的。

"我明白。"我小声说。

"挤点时间多跟你妈妈相处。男孩来来往往的,可母亲永远不会离开。"我确信她跟罗莎也说过同样的话。

"好吧。"她把遥控器交还给我,我们一起盯着静止的屏幕看。她双手撑在膝盖上,站了起来。

"你的话是真心的吗?"她走到房间中间的时候,我问。

"什么?"

"你说爱不会杀死我的。"

"是啊,但它可能杀掉你妈妈。"她挤出一个小微笑。

我屏住呼吸,等待。

"好吧,好吧,你还是可以见他的,但你必须清醒点。明白吗?"

我点头同意,关掉了电视。伊森·亨特消失了。

那天剩下的时间,我都在日光房里,躲着卡拉。我不是生卡拉的气,可我也没有不生她的气。我之前还在想究竟要不要把奥利的事完全瞒着我妈妈,现在这个念头完全消失了。我不敢相信,取消一次电影,居然差点害得我永远也见不到他。之前,我担心的是如何瞒她。现在,我担心的是如何消除秘密。我知道她不是因为我买了新衣服而难过。她难过是因为我买的衣服是她没预料到的颜色。她难过是因为她不知道会发生这种变化。我讨厌,却又同时理解这一事实。她必须控制许多事,才能保证我在我的泡泡中生活,完全安全。

何况，她也没错。我最近跟她在一起的时候确实心不在焉，我的思想总是调在奥利的频道上。我知道她没错，可我还是不喜欢。疏远难道不是长大的必经之路吗？我甚至不能拥有这么一点点的正常吗？

即使如此，我还是觉得愧疚。她把整个人生都献给了我。我又有什么资格，在初次瞥到爱情时，就无情地抛弃这一切呢？

卡拉在下午四点检查时间到的时候，终于找到了我。

"有没有突发精神分裂症这种病？"我问。

"怎么了？你得这病了？"

"也许吧。"

"现在跟我说话的是好玛蒂，还是坏玛蒂？"

"不清楚。"

她拍拍我的手。"对你妈妈好一点。她只有你了。"

自由卡

Email

写邮件

收件箱 （4）
发件箱
草稿箱
垃圾邮件
更多 ▼

我们已收到您的信用卡申请

🖨 ▤

ARGENTIS 发件人：阿根提斯有限公司
收件人：我 ☑

☆ ↩ ▼

感谢您申请新的阿根提斯信用卡
"自由卡"，它能为您带来追求梦
想、计划未来的自由和购买力。

您的个人信息：
玛德琳·古·淮提尔
蝴蝶犬路304号

Ⓐ **阿根提斯自由卡**

1234 5678 9012 3456

您的姓名

上下颠倒

一般人紧张的时候都会踱步，可奥利却会大步走。

"奥利！不过是倒立啦，还是靠着墙的。我没事的。"我花了一小时的时间才说服他教我。

"你的手腕力量和上肢力量不够。"他咕哝道。

"这个理由你用过了。再说了，我挺强壮的。"我说着，秀了秀自己的肱二头肌，"我拿书仰卧举重，能举起跟我体重等量的重量呢。"

这句话让他露出了一点微笑，然后终于停止了刚刚的大步来回走。他弹了几回手腕上的橡皮筋，打量我的身体，在心里嫌弃我的体能。

我翻了个白眼，要多夸张有多夸张。

"好吧，"他叹息着说道，语气同样夸张，"下蹲。"他演示着。

"我知道这——"

"专心。"

我蹲了下来。

他从房间另一边检查我的姿势，并指示我调整——双手之间隔十二英寸，双臂伸直，紧贴双膝，手指分开——直到我的动作标准了。

"好了，"他说，"重心微微前倾，让脚尖离开地面。"我前倾太多了，翻了个跟头，背着地。

"哈。"他说完紧闭双唇。他在憋着笑，可是他脸上的酒窝出卖了他。我重新做刚才的动作。

"平移，不要倾斜。"他说。

"我不是平移的吗？"

"算不上。好了。看我。"他蹲下来，"双手分开十二英寸，手肘贴膝，然后慢慢地、慢慢地把重心移到肩上——脚尖离地——然后把身体撑起来。"他以一贯的轻松而优雅的姿势倒立起来。我又一次被他平和的动作所惊艳，这对他来说就像坐禅。他对自己身体的掌控是对世界的逃避，而我的身体却是我的牢笼。

"你想再看一遍吗？"他重新站起来之后，问我。

"不了。"我急切地按照他的指示将重心往肩上移，可什么也没发生。大概一个小时的时间里，我什么也没做到。我的下半身还是牢牢黏在地上，而上半身因为太过用力已经酸了。我倒是不小心翻了好几个跟头，最后都已经习惯到翻跟头时不叫唤了。

"休息一下？"他问道，还在忍着笑呢。

我冲他低吼，然后低头，又一次翻了跟头。他现在绝对是在笑我了。

我平躺在地上，喘着气，然后我开始跟他一起笑了。几秒钟后，我再次蹲下。

他摇摇头。"谁能猜到你这么执着啊！"

我是猜不到，我都不知道自己有这么执着。

他拍了一下手，说："好了，咱们试个新方法。闭上眼睛。"

我闭上了。

"好了，假装你在太空中。"

我闭着眼，感觉他似乎更近了，仿佛他就在我身边，而不是在房间对面。他的声音顺着我的脖子爬上来，在我的耳边低语。"看到那些星星了吗？看到小行星群了吗？看到那个孤独的卫星划过了吗？这里没有重力，你是没有重量的，你可以做任何动作，你想什么都可以做到。"

我向前微倾，突然间我就上下颠倒了。一开始我还不确定我做到了。我睁开过几次眼睛，可世界还是上下颠倒的。我的血冲到了头部，让我感觉又沉重又轻飘飘的。重力让我的嘴角翘起，眼睛也睁大了。我在自己的身体中，却体验到一种陌生的奇妙的感觉。我的上臂开始摇晃，我倾斜到垂直角度，然后把双脚搭在墙上，然后我转换方向，再次回到蹲下的姿势。

"太棒了！"奥利说着给我鼓掌，"你还坚持了几秒钟呢，很快你就不需要墙了。"

"现在就试怎么样？"我说，我还想要更多，想要看到更多他的世界。

他犹豫了，正要反驳，可他的目光与我的相遇了。他点点头，蹲下观看。

我蹲下，倾斜，抬起下半身。我几乎立刻失去了平衡，开始向后倒。奥利突然间出现在我身边，双手抓住了我露出的脚踝，把我稳住。我身上所有的神经元都转移到了他触碰我的地方。他的手碰到的肌肤冒出火花，变得鲜活起来，每个细胞都被感受填满。我感觉像是我从没跟人接触过一样。

"放下。"我说，他轻柔地把我的双腿放下，我又回到了地面上。我等着他回到他的那个角落去，但是他没有。我还没来得及多想，就站起身来，面对他。我们之间只隔着三英尺的距离。我想的话，就能伸手去触碰他。我缓缓抬头看他。

"你还好吗？"他问道。

我想说还好，却摇了摇头。我应该移动。他应该移动。他需要回到他的那边世界，但他没有，我能从他的眼神中看出，他不会回去的。我的心跳得好厉害，我很确定他能听见我心跳的声音。

"玛蒂？"我的名字，用疑问的语气说出来。我的目光转移到了他的唇上。

他伸出右手，抓住了我左手的食指。他的手很粗糙，长着老茧，特别温暖。他的大拇指在我的指关节上划了一下，将我的手裹在他的手中。

我低头看我的手。朋友是能触碰的，对吧？

我把手指抽出来，伸展其他的手指，让我们的手掌相贴。

我再次抬头直视他的眼睛，在他的眼睛里看到了我的倒影。

"你能看到什么？"我问道。

"首先注意到的是你的雀斑。"

"你对雀斑还真是着迷。"

"有点吧,看起来像是有人在你的鼻子和脸颊上撒了些巧克力屑。"他的目光挪到我的嘴唇上,再抬起来,与我的相遇,"你的嘴唇是粉色的,你咬嘴唇的时候会变得更粉。你要反对我的时候,更容易咬嘴唇。你不该总是那样的,我说的是不该总反驳我,而不是咬嘴唇啊,咬嘴唇很可爱。"

我应该说些什么,打断他,但我开不了口。

"我从没见过你这样又长又蓬又卷的头发,看起来像朵云。"

"那云可得是棕色的啊。"我终于说出了话,打破了咒语。

"是的,卷卷的棕色云朵。然后是你的眼睛,我觉得你的眼睛会变颜色,有时候是黑色的,有时候是棕色的。我总想弄明白你的心情跟眼睛的颜色之间的关系,可我还没弄明白,我搞清楚了会告诉你的。"

"关系不一定是因果关系。"我说,只是想说句话。

他咧嘴笑了,捏捏我的手,说:"那你看到了什么?"

我想回答,却发现我没法回答。我摇摇头,低头看我们的手。

我们就那样,在确定与不确定之间徘徊,不停徘徊,直到我们听到卡拉走来了,脚步声把我们俩拉开。

我重生了。我被毁灭了。

皮　肤

　　我曾读到过，我们身上的细胞平均每七年会全部更新一次。更奇妙的是，我们的表层皮肤每两周就会更新一次。我们身体上所有的细胞如果都是这样的，我们就能永生。可是人体中有一些细胞，比如脑细胞，是不会更新的，它们会衰老，因而造成我们衰老。

　　再过两周，我的皮肤就会忘记奥利的触碰了，但是我的大脑还会记得。

　　我们可以拥有长生不老的能力，或是有关触觉的记忆，但我们不能二者兼得。

友 谊

之后，8：16 PM

奥利：你今天上线早了。

玛德琳：我跟我妈妈说我有好多作业要做。

奥利：你还好吗？

玛德琳：你是问我有没有生病？

奥利：是的。

玛德琳：目前为止还没出问题。

奥利：你担心吗？

玛德琳：不。

玛德琳：我相信我没事。

奥利：你担心了。

玛德琳：有一点。

奥利：我不该那样做。对不起！

玛德琳：别道歉，我不觉得你有错。我不想改变这些。

奥利：可还是……

奥利：你确定你没事吗？

玛德琳：我感觉我变成全新的人了。

奥利：就因为拉了一下手？哈，那吻一下会发生什么啊？

玛德琳：……

玛德琳：朋友不能接吻。

奥利：非常亲密的朋友是可以的。

调 查

二十四小时之后，我满脑子都是吻。我一闭上眼睛，就会看到"那吻一下会发生什么啊"这句话。我意识到，我一点也不了解接吻。当然了，我读到过。我还在电影里看到过许多接吻的画面，明白大概是怎么回事。但我从没想象过自己被吻，更没想象过我去吻别人。

卡拉说，我们今天再次见面应该是"可以的"，但我决定还是等几天。她不知道他碰了我的脚踝，不知道我们牵了手，不知道我们站得近到能感受到对方的呼吸。我应该告诉她，但我没有。我害怕她会不让我们见面。我越攒越多的谎言里又多了一条，奥利现在是我生活中唯一没有听我撒过谎的人了。

接触发生四十八小时后，我还是感觉很好。我趁卡拉不注意时偷瞄了我的表格。血压、脉搏、体温看起来都没问题，没有可见的发病征兆。

我想象跟奥利接吻的时候，我的身体会变得有些兴奋，但我很确定那只是相思的症状。

吻前清单

☑ 唇膏

☑ 复习手可以放的位置

头发 ▶

◀ 肩膀

◀ 腰

练习接吻技巧

☑ 拇指和食指之间
柔软的部分

☑ 抱枕

☑ 葫芦

签 名 _玛德琳_

已阅且接受 _____

创造合适的接吻气氛

雨天

事实证明雨天可以增强热情

详见《恋恋笔记本》[1]
《四个婚礼和一个葬礼》[2]

可移动音乐播放机

提供助长情绪的音乐

详见历史上几乎
每一部言情电影

一首壮烈的爱情诗歌

LOVE

牢记,
并在吻戏前背诵

签　名　玛德琳

已阅且接受

---

[1] 由尼克·卡萨维茨执导的一部爱情电影,2004 年上映,改编自美国小说家尼古拉斯·斯帕克斯的同名小说。
[2] 由迈克·内威尔执导的一部爱情电影,1994 年上映。

接吻的动作

确保接吻的发生	嘟嘴，让嘴唇的柔软度恰到好处	头部倾斜，防止鼻子相撞
长时间的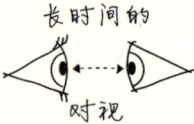对视 不必要的肢体触碰	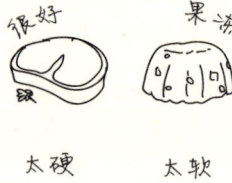 太硬　　　太软	
凑近	嘴唇相贴	缓缓退回来
 接吻对象会消灭掉剩余的距离	 接触并持续3-5秒	 注意，不要睁开眼！

签　名 _玛德琳_

已阅且接受 _____

生与死

奥利不在墙上，他甚至不在与沙发相对的那一端。他站在房间正中央，手肘放在膝盖上，弹他手腕上的橡皮筋。

我在走廊中犹豫了。他的眼睛一直盯着我的脸，他跟我一样，感受到那股想要共处同一空间、呼吸同一片空气的欲望了吗？

我在房间的门槛上停了下来，不是很确定是不是该这样做。我可以去他从前站的靠墙的那个位置。我可以留在门廊中。我可以告诉他，我们不该冒险，但我做不到。不光如此，我还不想那样做。

"我觉得你适合橙色。"他终于开口了。

我穿了一件新买的短袖，深领、紧身，现在成了我最爱的衣服。我可能会买十件一模一样的衣服。

"谢谢。"我把一只手贴在腹部。蝴蝶又回来了，不停地扇动翅膀。

"我应该换个位置吗？"他用食指和拇指拉起手上的橡皮筋，拉得紧紧的。

"我不知道。"我说。

他点点头，开始起身。

"不，等等。"我说着，把另一只手也放在腹部，向他走去。我坐下来，我们之间留了一英尺的距离。

他的橡皮筋在他的手腕上狠狠地弹着。他的肩膀使出了一股我都不知道他在使的劲儿。

我在他身边坐着，双膝紧贴，肩膀向前耸。我尽力把自己缩成一团，仿佛我占的空间小了，我们之间距离太短的这个事实就不重要了似的。

他从膝盖上抬起一条手臂，伸手，动了动指头。

我所有的犹豫顷刻消失，把手伸给他。我们的手指迅速就位，仿佛我们已经牵了一辈子。我不知道我们之间的距离是如何消失的。

是他动了吗？还是我呢？

我们现在挨着了，大腿贴在一起，我们能感受到彼此前臂的温度，我的肩膀靠着他的手臂。他的大拇指摩挲着我的皮肤，从关节到手腕，画着直线。我的皮肤中，每个细胞都亮起来。没有生病的普通人天天都能这样做吗？他们如何承受得了这样的感觉？他们怎么能不时时刻刻都在触碰呢？

他轻轻拉了一下我的手。这是个问题，我知道。我抬头，视线中，我们的双手造就的奇迹变成了他的脸、眼睛、嘴唇造就的奇迹，而他的脸正在向我贴近。是我动的？还是他呢？

他的呼吸温热，他的嘴唇轻轻扫过我的唇，仿佛蝴蝶的翅膀。我不由自主地闭上了双眼。言情喜剧这部分没演错，你必须闭上双眼。他离开的时候，我的嘴唇变得好冷。我做错了什么吗？我猛地睁开眼，撞到了他深蓝色的眼眸。他再次吻我的感觉，像是他害怕继续，可又害怕停下来。我抓住他胸前的衣服，紧紧抓着。

我的蝴蝶们躁动不安。

他捏了捏我的手，我张开唇，我们在品尝彼此的味道。他的味道像是咸焦糖混合着阳光的味道。他的味道是我从未体验过的，像希望、像可能性、像未来。

这一次是我停止了吻，但只是因为我需要呼吸。我要是能做到，就会一直不停地吻他，每一秒、每一天，天天如此。

他把额头靠在我的额头上，他的呼吸暖暖地扫着我的鼻子和脸颊，微甜，是那种让你还想要更多的甜。

"吻都是这样的吗？"我喘着粗气问道。

"不是。"他说，"从没有过这样的。"

我能听到他语气中的赞叹。就这样，一切都改变了。

说真的

之后，8：03 PM

奥利：不跟你妈妈看电影了？

玛德琳：我取消了约定，卡拉肯定会生我气的。

奥利：为什么？

玛德琳：我答应她我要多陪我妈妈。

奥利：我把你的生活都搅乱了。

玛德琳：不，拜托别那么想。

奥利：我们今天干的事太疯狂了。

玛德琳：我知道。

奥利：我们是怎么想的啊？

玛德琳：我不知道。

奥利：也许我们该分开一段时间？

玛德琳：……

奥利：抱歉，我只是想保护你。

玛德琳：如果我想要的不是保护呢？

奥利：什么意思？

玛德琳：我不知道。

奥利：我需要你安安全全的，我不想失去你。

玛德琳：你还没得到我呢！

玛德琳：你后悔吗？

奥利：后悔什么？吻吗？

奥利：说真的？

玛德琳：当然了。

奥利：不。

奥利：你后悔吗？

玛德琳：不。

"歪面"

　　宇宙和我的潜意识一定在联合起来坑我。我在书房里跟妈妈玩发音拼字。今晚我拼出了"歪面""字游"和"蜜蜜"。最后一个因为用了所有字，还给我挣到了分数奖励。她皱着眉看拼字板，我还以为她要挑我的错，可她没有。她计算了分数，有史以来第一次，我赢了。我比她多七分。

　　我看看分数，再抬头看看她。

　　"你确定分数没算错吗？"我问。已经出了这么多反常的事，我不想这时候再赢她。

　　我算了一遍分数，发现她算得没错。

　　她看着我的脸，但我只是盯着分数卡。她一整晚都是这样，盯着我看，仿佛我是个谜题，她在试图解谜。也许是我多心了。也许是我因为自己太自私，觉得愧疚。因为我想跟奥利在一起，即使此刻都是如此。我跟他在一起的每一刻，都能了解到新的东西。我已经成了一个全新的人。

她从我手里拿过分数卡，把我的下巴挑起来，逼我直视她的双眼。"怎么了，亲爱的？"

我正要对她撒谎，可外面却传来高声尖叫。紧接着又是一声尖叫，然后是含混不清的喊叫、大声摔门的声音。我们俩同时扭头去看窗外。我想起身，可妈妈按了我的肩膀，摇摇头。我允许她把我按在原位，可外面又传来一声尖叫，喊着"停下"，我们俩都冲窗子跑了过去。

三个人——奥利、他妈妈和他爸爸都站在前门门台上，他们的身体组成了一个三角，脸上是悲哀、恐惧和愤怒的神色。奥利的站姿像是准备好了搏斗，他紧握双拳，双脚分开，踩得扎实。我从这么远都能看到他手臂上、脸上的血管鼓了出来。他妈妈朝他走了一步，但他说了一句什么，她就退了回去。

奥利和他爸爸面对面。他爸爸右手抓着一杯酒，盯着奥利，举杯，大口喝完了杯里的酒。他把空杯举起来，要递给奥利妈妈。她往那边走，可奥利又说了什么，阻止了她。他爸爸转头看她，手还僵直地伸着，要把杯子递给她。有那么一刻，我觉得她可能是不会过去了。

可她的反抗没坚持多久。她向他走了一步，他伸手去抓她，愤怒而残暴。但奥利突然间站在了他们两人中间，他把他爸爸的胳膊打到一边去，把他妈妈推开了。

他爸爸越发愤怒，再次冲过来。奥利把他往后一推，他撞到了墙，但没倒下。

奥利开始轻快地挪动脚步，甩动胳膊和手腕，像是一个做赛前准备的拳击手。他在转移他爸爸的注意力，让他不要针对他妈妈。他成功了，他爸爸伸出拳头，向他冲来。奥利右闪一下，左闪一下。他向后一跳，跳下了台阶，这时他爸爸又挥来一拳，但没打中，打空之后他爸爸失去了平衡，跌下台阶。他趴在水泥车道上，不动了。

奥利僵住了。

他妈妈是第一个开始行动的，她冲下台阶，蹲在他身边，用手抚着他的后背。奥利示意她走开，但她没理会他。她靠近一些，刚好赶上他爸爸翻了个身。他又大又可怕的手抓住了她的一只手腕，脸上挂着胜利的表情，举起她的手，仿佛在炫耀自己获胜的奖杯。他站起身来，拖着她。

奥利又一次冲到了两人之间，但这次他爸爸已经有所准备了。他的动作比以往都快，他先是放开了奥利妈妈，然后抓住了奥利的上衣，照着他的肚子来了一拳。

他妈妈开始尖叫。我也尖叫了起来。他又打了一拳。

我没看到之后发生了什么，因为我从妈妈身边挣脱开，跑了起来。没有经过思考，我就直接行动了。我冲出房间，穿过走廊。我跑出了净气室，没一会儿工夫就出了门。

我没有思考自己是往哪儿跑，只是需要到他身边去。我不知道我在做什么，但我要保护他。

我跑过了我们家的草坪，跑到了与奥利家相接的草坪边缘。他爸爸正再一次向他挥拳，我大喊道："住手！"

他们都愣了片刻，看着我，满脸震惊。他爸爸的酒劲儿上来了，向后跌了几步，回到了房子里。他妈妈也跟着进去了。

奥利捂着肚子弯下了腰。

"你还好吗？"我问。

他抬头看看我，脸上的痛苦变成了困惑，然后转化成了恐惧。

"去，快回去。"他说。

妈妈抓住了我的胳膊，要把我拽走。我隐隐意识到她焦急得发狂了，她的劲儿比我想象中要大，但我想见奥利的欲望比她的劲儿更强。

"你还好吗？"我再次喊道，没有挪动。

他慢慢直起身来，动作小心，像是他身上哪里疼，但他的疼痛没有表现在脸上。

"玛蒂，我没事。快回去，求你了。"我们对彼此感觉的重量沉沉地挂在我们之间。

"我保证我没事。"他又说了一遍。我允许妈妈把我扯了回去。

我还没意识到自己做了什么，我们就已经回到了净气室。我刚刚去"外面"了吗？我妈妈的手像钳子一样抓着我的胳膊，她硬拉着我，让我看她。

"我不明白。"她说，她的声音尖锐而困惑，"你为什么要那么做？"

"我没事。"我回答了她没问的问题，"只是一分钟而已，还不到一分钟。"她放开了我的胳膊，挑起我的下巴。

"你为什么会为了一个陌生人冒生命危险？"

我的撒谎技巧还没那么好，我无法在感情的事上瞒她。奥利已经渗进了我的肌肤里。

她看出了真相。"他不是陌生人，对吗？"

"我们只是朋友，网友。"我停顿了一下，接着说，"我很抱歉，我没动脑子，我只是希望他没事。"

我用手摩挲着自己的手臂。我的心跳得好快，快到痛了起来。我刚刚所做的事的"重量"太可怕，我发起抖来。

我突然间的发抖让我妈妈的质问戛然而止，她进入了医生模式。"你碰任何东西了吗？"她问，一遍又一遍。

我告诉她没有，一遍又一遍。

"我没办法，只能扔掉你的衣服。"她坚持让我洗澡，我洗过之后，她这样告诉我，她说话的时候似乎无法直视我，"接下来几天我们得格外小心，以防——"

她停了下来，无法说出她要说的话。

"不到一分钟而已。"我说，我是在安慰我们两人。

"有时候一分钟就足够了。"她的声音小到几乎听不到。

"妈妈，我很抱——"

她抬起一只手，摇摇头。"你怎么能这样？"她问，这才终于直视我的眼睛。

我不知道她问的是我到外面去，还是我对她撒谎。这两个问题我都无法回答。

她一离开，我就到窗边去找奥利，但我没看到他。他也许在房顶上吧。我上了床。

我真的去"外面"了吗？外面的空气是什么气息？外面有刮风吗？我的脚真的碰到了地面吗？我摸了摸胳膊上的皮肤，摸了摸我的脸。我有变化吗？我变了吗？

　　我一生都在梦想去外面的世界。现在我去过了，可我一点也不记得那是什么感觉。我只记得奥利疼得弯下了腰。我只记得他的声音，告诉我快回去。

第三个玛蒂

　　我差点要睡着的时候，房间门突然打开了。妈妈站在走廊里，我闭着眼睛，假装睡着了。可她还是进来了，坐在我的床边。

　　许久，她都没动。接着，她凑过来，我很确定她是要吻我的额头，我小时候她经常那样，可我翻了身，仍然装睡。

　　我不知道我为什么要那样做。这个新的玛蒂是谁？她毫无缘由地对人刻薄。她站起身来，我听见门关上了才睁开眼。

　　我的床头柜上放着一根黑色橡皮筋——她知道了。

生命是一份馈赠

第二天早晨，我一醒来就听到喊叫声。一开始我以为又是奥利家，可声音太近了。是妈妈，我从没听到过她高声说话。

"你怎么能做这种事？你怎么能让陌生人进来？"

我听不到卡拉的回答。我悄悄打开房间门，踮着脚尖到了楼梯口。卡拉站在楼梯底下。我妈的体形怎么都比卡拉要小，可卡拉缩头缩脑的样子，让你根本看不出她们体形上的差异。

我不能让卡拉为此事受罚，我飞快跑下楼梯。

"发生什么事了？她病了吗？"卡拉拉住我的胳膊，拍拍我的脸，她扫视我的身体，看出了什么问题。

"她去外面了。因为他！因为你！"她转身面对我，"她不顾自己的生命安全，她连着几周都对我撒谎。"

她再次面向卡拉："你被开除了。"

"不，求你了，妈妈，不是她的错。"

她举起一只手来打断我："你是说，不只是她的错，你也有错？"

"抱歉。"我说，可她无动于衷。

"我也很抱歉。卡拉，收拾你的东西，走吧。"

我绝望了，我无法想象没有卡拉的生活。"求你了，妈妈！求你了，不会有下次了。"

"当然不会有下次了。"她坚定地说。

卡拉一言不发，直接开始往楼上走。

接下来的半小时里，我和妈妈一起看着卡拉收拾东西。她读东西用的眼镜、笔、写字板几乎散落在所有的房间里。

我甚至没有去擦眼泪，因为眼泪在不停地流。妈妈的动作非常僵硬，我从没见过她这样。我们终于到了我的房间时，我把我的那本《献给阿尔吉侬的花束》给了卡拉。她看看我，微笑起来。

"这本书不是会看哭吗？"她问道。

"可能吧。"

她把书放在胸前，紧紧抱着，但眼神却一直没有离开我。

"你要勇敢起来，玛德琳。"我扑进了她的怀抱。她放下药箱和书，紧紧拥抱我。

"我很抱歉。"我低声说。

她抱我抱得更紧了。"不是你的错。生命是一份馈赠，不要忘记，好好活下去。"她的声音充满斗志。

"好了。"妈妈在走廊里说，她的耐心消磨没了，"我知道你们两个都很伤心，但你该走了，马上。"

卡拉放开了我："要勇敢。记住，生命是一份馈赠。"她拿起她的医药箱，我们一起走下楼去。妈妈把她的最后一张支票给了她，她就这样离开了。

玛德琳的字典

渐近线（jiàn jìn xiàn），名词

一个可以无限接近，但永远无法实现的愿望。

[2015，淮提尔]

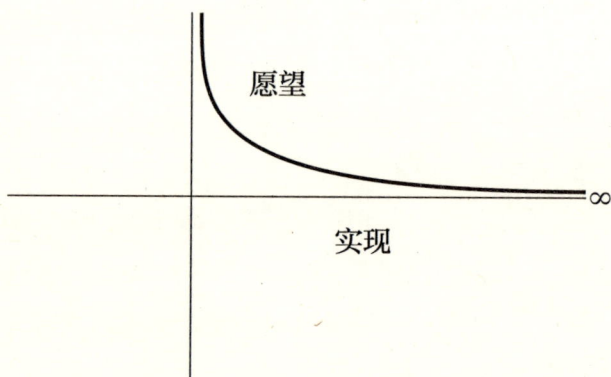

镜像画面

　　我一回到房间里，就把窗帘拉开。奥利站在他卧室的窗前，拳头顶在玻璃上，额头顶在拳头上。他等了多久了？他很快就意识到我来了，但中间的空当足够让我看到他脸上的恐惧。看来，我在人生中的作用就是给爱我的人心里注入恐惧。

　　哎，奥利也算不上爱我。

　　他的目光扫过我的身体、我的脸，做了个打字的姿势，但我摇摇头。他皱眉，再次做了那个动作，但我还是摇摇头。他消失了，回来的时候拿着一支马克笔。

　　你还好吗？

　　我点头。你呢？我用口形说。

　　好。网上聊？

　　我摇摇头。

　　嫌弃死了？

　　我点头。

不能上网了？

我点头。

多久了

我耸耸肩。

你确定你没事吗？

我点了下头，表示我健康状况很好，精神上很痛苦，遗憾，还有一份浓浓的失落感。

我们相对无言。

我很抱歉！

我摇摇头。意思是说：不，不要道歉。这不是你的错。不是因为你。这就是人生。

日程变化

周日	周一	周二	周三	周四	周五	周六
	妈妈请假在家	◎	面试 ←	护士 →	晚餐法式三明治	面试护士
接着面试护士	普里切特护士第一天上班			◎	晚餐洋葱汤	

备注

更 多

    妈妈沉默地跪着，收拾起我们玩两人画图猜谜游戏时画的画，把它们整理成整齐的一堆。她会留下每次游戏中最好的（这里的最好的，说的是画得特别好或者特别差的）画。我们有时会看着这些画怀旧，跟其他家庭一家人一起看家庭相册差不多。她的手指在一张特别烂的画上停留了一会儿，画上画的是一只长角的生物，飘在一个圆圈上方，圆圈里还有洞。

    她拿起这张画，让我看："你看着这个是怎么猜出'摇篮曲'的？"她努力地笑笑，想打破我们之间的隔阂。

    "我不知道。"我说着笑了，想跟她一起努力，"你画得太烂了。"

    那生物应该是一头牛，它应该是绕着月球转圈。说真的，我的答案更多是从中汲取灵感，而不是看图说话，因为画实在太烂了。

    她停顿了一会儿，跪坐在地上。"我这周跟你过得很愉快。"她说。

    我点点头，但没有回应。她的微笑消失了。我现在不能跟奥利见面，也不能跟他聊天，妈妈和我相处的时间就长了。这是这一切发生之后，唯一的好的后果。

我伸手拉起她的手，捏了一下。"我也是。"

她又微笑起来，但是笑容没有刚刚那样灿烂了。"我聘请了一个面试过的护士。"

我点头。她让我去面试卡拉的代替者，但我拒绝了。她雇谁都无所谓，谁也无法取代卡拉。

"我明天必须回去上班了。"

"我知道。"

"我真希望不需要离开你。"

"我会没事的。"

她又整理了已经很整齐的那堆画。"你明白我为什么要这样做吧？"她不光开除了卡拉，还不允许我上网，另外还取消了我与沃特曼先生的建筑学课。

我们这周一直在回避这个话题——我的谎言、卡拉、奥利。她请了一周假，因为卡拉不在，她得自己照看我。她每小时都量一遍我的体征，而不是平时的两小时一次，每次看到结果正常，她都会宽慰地松开紧绷的肌肉。

到了第四天，她说危险期度过了。"我们这回运气好。"她说。

"你在想什么呢？"她问道。

"我想卡拉。"

"我也想她，但我要是让她留下，就是我这个妈妈当得不好。你明白吗？她将你的生命置于险地。"

"她是我的朋友。"我小声说。

我这一周一直在等待的怒火终于爆发了。

"但她不光是你的朋友，她还是你的护士，她的职责是保护你的安全。她不应该害你陷入生命危险，或是介绍你认识什么只会伤你心的少年。朋友不会给你虚假的希望。"

我的样子一定透露了我的震惊，因为她突然停了下来，双手摩擦着大腿。"哦，宝贝，我很抱歉。"

我这才突然一下醒悟过来，卡拉真的走了。明天我妈妈去上班的时候，她不会出现，另一个人会取代她。卡拉走了，这是我的错。奥利也走了，我不会有第二次接吻的机会了。我想到这儿，痛得倒吸一口气，即使这结束的东西才刚刚开始萌芽。

我知道妈妈将来肯定会再让我上网的，我们还可以在网上聊天，但那不够。我对自己诚实一点，就必须承认，那不够。

我永远也数不完，我想跟他在一起的方式。

她把手按在她自己的心口，我知道我们在体验同样的痛。

"给我讲讲他。"她说。

这么久以来，我都想跟妈妈谈他，可现在我却不知道从何开始。我的心里装满了他，于是，我从一开始讲起。我给她讲第一次见他，讲他的动作——轻盈、流畅、坚定；我给她讲他海蓝色的眼睛、长茧的手指；我给她讲他比自己意识到的要更厌世；我给她讲他可怕的爸爸，讲他让人嫌弃的穿衣打扮。

我告诉她，他觉得我很有趣、聪明、漂亮。顺序不能变，这个顺序是有意义的。

　　这些事我都憋了几周，一直想说。她听着，拉着我的手，跟我一起哭。

　　"他听起来很棒，我能理解你为什么喜欢他。"

　　"他是很棒。"

　　"我很抱歉你生病了。"

　　"这不是你的错。"

　　"我知道，但我还是希望我能给你更多。"

　　"那我能上网了吗？"我总得试试。

　　她摇摇头："提个别的要求吧，亲爱的。"

　　"求你了，妈妈。"

　　"这样更好一些，我不想让你心碎。"

　　"爱是杀不死我的。"我模仿着卡拉的话。

　　"这话不对。"她说，"谁给你讲的？"

邪恶护士

　　我的新护士是个拥有护理学位的专制暴君，从不微笑。她的名字叫珍妮特·普里切特。"你可以叫我珍妮特护士。"她说。她的声音音调很高，高到不自然，像警笛似的。

　　她重点强调了"护士"一词，让我明白，不能叫她珍妮特。她握手时太用力了，像是要把什么东西捏碎，而不是照顾谁。

可能我的观点带有偏见吧。

可我每次看到她，就只能想到，她不是卡拉。她很瘦，卡拉则强壮结实。她说话时不会像卡拉一样夹杂一些西班牙语词汇，她没有任何口音。跟卡拉比起来，她就是不够。

到了下午，我决定改变我的态度。但是她的字条开始出现了，贴在我的笔记本电脑上。

妈妈允许我上网了，但有限制，只能在工作日上。她说我只能用网络做作业，但我很肯定，这跟奥利已经开学，下午三点才放学有些关系。

我看了看时间，两点半了。我决定还是不改变态度了。珍妮特护士还没给我打破规则的机会，就默认了我是会破坏规则的人。

第二天情况并没有好转。

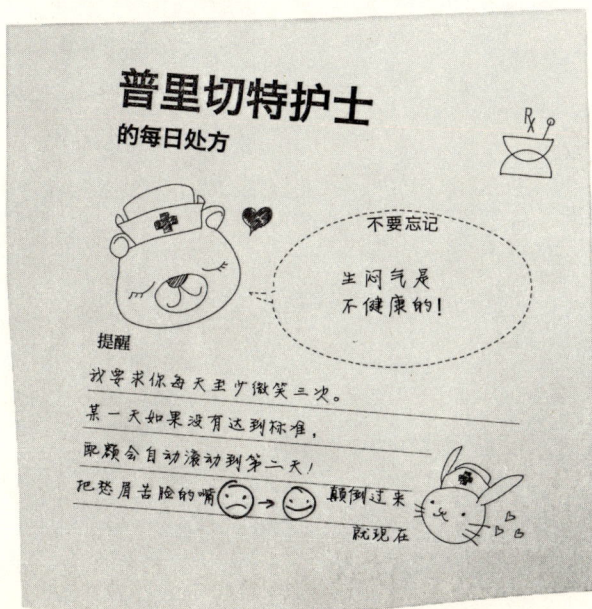

普里切特护士
的每日处方

R̽

不要忘记

生闷气是
不健康的！

提醒

我要求你每天至少微笑三次。

某一天如果没有达到标准，

那额命自动滚动到第二天！

把愁眉苦脸的嘴 😞 → 😊 颠倒过来

就现在

之后的一周，我放弃了说服她帮我的希望。她的任务很明确——观察、限制、控制。

奥利和我有了新的节奏：我们白天时在他上课的间隙简短聊天。下午三点，邪恶护士会关掉路由器，我们的交流就结束了。晚上，晚饭后，我跟我妈妈相处的时间过后，奥利和我会从各自的窗子里看对方。

我求妈妈改变规则，但她拒绝妥协，她说这是为了保护我。第二天，邪恶护士又找了个理由给我写字条。

我盯着字条，想起卡拉走之前说了一模一样的话：生命是一份馈赠。

我是在浪费生命吗？

观察邻居　第二部分

奥利的日程表

6：55 AM － 站在窗前，在玻璃上写字。

7：20 AM － 等凯拉抽完烟。

7：25 AM － 去上学。

3：45 PM － 放学回家。

3：50 PM － 站在窗前，擦掉玻璃上的字。

9：05 PM － 站在窗前，写下几个问题。

10：00 PM － 在玻璃上写字。

玛蒂的日程表

6：05 AM － 等待奥利到窗前来。

6：55 AM － 开心。

7：25 AM － 绝望。

8：00 AM—3：00 PM －忽略邪恶护士。上课。做作业。读书。忍不住看网上聊天记录。再读书。

　　3：40 PM － 留意奥利的车到了没有。

　　3：50 PM － 开心。

　　4：00 PM － 再做作业。再读书。

　　6：00 PM—9：00 PM － 吃晚餐 / 跟妈妈相处。

　　9：01 PM － 等待奥利出现在窗前。

　　9：05 PM － 开心。打手势回答问题。

　　10：01 PM － 绝望。

高中教育

奥利开学之后，我们上网聊天的机会更少了。他尽量多发信息——在课间，有时甚至上课的时候也发。他开学的第一周，尽力让我感觉我跟他一起在学校。他给我发了他的储物柜的照片（是23号柜子），还有他的课程表、图书馆、图书管理员。图书管理员看起来跟我想象中的高中图书馆管理员一模一样，也就是说，书生气，特别美好。他给我发他在预科数学课上做的数学证明题，还有他的预科英语课上列出的必读书单、生物课上的鸟喙图片和化学课上的有盖培养皿。

第一周的时间我都花在——确实感觉像是在花钱，因为不见他的时候我都在失去什么——我平时做的事情上：读书、学习、活着。我改写他书单上的书名：《双吻记》《亲吻一只知更鸟》《我接吻之际》[1]等。

---

[1] 原书分别为查尔斯·狄更斯的《双城记》、哈珀·李的《杀死一只知更鸟》、威廉·福克纳的《我弥留之际》。

邪恶护士和我达成了冷战共识，我假装她不存在，她却留下更多烦人的小字条，提醒我她是存在的。

但我不只是在想念他，我还嫉妒他的生活，嫉妒他的世界，他的世界不只他家的前门。

他告诉我，高中可不是什么乌托邦，可我不太相信。一个存在就是为了教你认识世界的各个地方，怎么能不是乌托邦呢？一个有朋友、老师，有图书馆，有读书俱乐部、数学俱乐部、辩论俱乐部等各种俱乐部，有课外活动，有无尽可能性的地方，怎么能不是乌托邦呢？

第三周，以这种新的形式继续我们的关系开始变得艰难了。我想念跟他说话的感觉，打手势是不够的。我想念跟他在同一个房间里，感受他的存在。我想念我的身体对他的身体的感知。我想了解他，我想了解跟他在一起时的那个自己。

我们继续这样，直到有一天，不可避免的事终于发生了。

我站在窗前，看到他的车停了下来。我等待他走出来，照常冲我挥手，可先下车的人不是他。

一个不是凯拉的女孩从车后座走出来，也许她是凯拉的朋友。

可接着，凯拉狠狠关上了车门，进了房子里，只剩下奥利和神秘女孩在外面。神秘女孩听到奥利说的什么话，大笑起来。她转身，手搭在他肩上，她脸上的微笑与我为他露出的微笑一样。

一开始我很震惊，我无法相信我的眼睛。她在碰我的奥利吗？我的胃痉挛起来。我感觉有一只巨大的手在捏我的肚子。我的器官都移了位，直到我觉得我的皮肤都不属于我了。

我放下窗帘，从窗口躲开。我感觉我像是个偷窥者。

我想起了我妈妈的话："我不想让你心碎。"她早就知道会发生这种事，他总会找到其他人的，一个没有生病的人，一个能离开自己家的人，一个他能交谈、能触碰、能接吻、能做其他一切的人。

我忍住冲动，不想回到窗边再观察我的竞争者。但是其中一个人永远无法到场，这就算不上竞争。她长什么样子无所谓，她的腿是长是短无所谓，她的肤色苍白还是健康无所谓，她的头发是黑色的、棕色的、红色的还是金色的都无所谓，她漂不漂亮也无所谓。

重要的是，她的肌肤能感受到阳光，她能呼吸没过滤过的空气。重要的是，她与奥利生活在同一个世界，而我不在那个世界里。我永远不可能去那个世界。

我又看了一眼，她的手还搭在他肩上，她还在笑。他皱着眉头看我的窗子，但我不确定他是不是能看到我。他还是招了招手，但我又躲了起来，假装我不在，为了我，也是为了他。

阿罗哈代表你好和再见　第一部分

　　我又一次取消了跟妈妈单独相处的计划，于是她到了我房间。

　　"怎么了？"她说。

　　"很抱歉我取消计划了，妈妈。我只是感觉不太好。"

　　她立刻将手背贴在我的额头上。

　　"精神上，不是身体上。"我澄清，我无法忘却那个女孩的手搭在奥利肩上的画面。

　　她点点头，但还是等确认我没发烧之后才挪开手。

　　"那……"我提示她，我只想一个人待会儿。

　　"我也经历过青春期，我是独生女，我也很寂寞，我觉得青春期很痛苦。"

　　所以她才来我房间吗？因为她觉得我寂寞？因为她以为我是在经历青春期的痛苦？

　　"我不是寂寞，妈妈。"我说，语气有些冲，"我只是一个人，这是有区别的。"

　　她被我的语气惊到了，但没有退缩。她放开手里的东西，抚摸我的脸颊，直到我直视她的双眼。

"我知道，宝贝。"她再次把手放到了背后，"也许现在不是个好时间吧。你想让我离开吗？"

她总是那么理智、那么通情达理，生她的气太难了。

"没关系的。对不起，留下吧！"我把腿抱在胸前，给她腾出位置。

"你在藏什么呢？"我问。

"我给你准备了件礼物。我本来是想排遣你的寂寞，可现在我不是很确定了。"

她从背后拿出一张装裱好的照片。我的心在胸膛里紧了一下子。这是我们四人的一张旧照片——我、妈妈，还有爸爸和哥哥——我们站在沙滩上，像是热带的某处。太阳在我们身后，照相的人用了闪光灯，在渐暗天空的映衬下，我们的脸亮亮的，几乎在发光。

哥哥一只手拉着爸爸，另一只手抓着一只棕色的毛绒兔，他长得几乎像妈妈的迷你版本，黑色直发、深色眼睛。他与妈妈的区别只有他深色的皮肤，这是从我爸爸那儿继承来的。爸爸穿着配套的阿罗哈花纹上衣和短裤。要我找个词来形容他，我只能想到"搞怪"。可他看起来还是很帅气。他用一只胳膊搂着妈妈的肩膀，看起来像是在把她往自己身边拉。他直视着镜头。要是说这世上有过一个人，拥有自己想要的一切，那就是我爸爸了。

妈妈穿着一条无带的红色花纹连衣裙，湿漉漉的头发环着脸打圈。她没有化妆，也没戴首饰，跟我身边坐着的妈妈比起来，她简直像是平行世界的另一个女人。她似乎在海滩上很自在，与那么多人相处，比跟我一起被困在房子里要自在得多。她怀里抱着我，她是唯一一个没有看镜头的。她在笑我。我脸上挂着那种只有婴儿才会露出的傻乎乎的微笑，露出牙床。

我从没见过我自己在"外面"的照片，我甚至不知道有这样的照片存在。"这是哪儿？"我问道。

"夏威夷。毛伊岛是你爸爸最爱的地方。"

她的声音变得异常轻。"你那时候才四个月大，我们还不知道你的病。那是事故发生前的一个月。"

我把照片抱在胸前。妈妈的眼里噙满了泪水，但没有落下来。

"我爱你。"她说，"比你想象中要更多。"

可我知道她有多爱我。我一直都能感受到，她的心在尽全力保护我的心。我在她的声音中听得到摇篮曲，我还能感觉到哄我睡觉的双臂和清晨唤我起床的吻。而我也爱她，我无法想象她为我所放弃的整个世界。

我不知道该说什么，于是我告诉她我也爱她。这不够，但我只能做到这么多了。

她离开后，我站在镜子前，把照片举到我的脸旁边。我看看照片里的我，再看看镜子里的我，然后再来一遍。

这张照片像个时光机，我的房间渐渐黯淡，我又站在了沙滩上，被爱和咸咸的空气所包围，感受着残余的温暖与夕阳拉长的影子。

我感到我小小的肺里装满了空气，我屏住呼吸。我屏住呼吸，再也不呼吸。

之后，9：08 PM

我去窗边时，奥利已经在等我了。他用大大的、加粗的字体写道：

半小剁锦突

我用姿态传达，我一点点也不嫉妒。

人过大佛寺，寺佛大过人[1]

　　有时候，我会倒着读我最爱的书。我从最后一章开始，倒着往前读，直到读到开头。这样的话，书中的角色就会从一开始的满心希望，到绝望不已；从自信自知，到自我怀疑。在爱情故事里，一对儿情侣一开始是爱人，最终却成了陌生人。成长小说变成了迷途故事。这样，你最爱的人物就能变得生动鲜活。

　　如果我的人生是一本书，我倒着读的话，一切都不会有所改变。今天与昨天毫无差别，明天与今天也没什么两样。在玛蒂的书中，所有的章节都是一样的。

　　直到奥利的出现。

　　在他出现之前，我的人生是回文——正着倒着是同样的，就像"客上天然居，居然天上客"，或是"人过大佛寺，寺佛大过人"。但是奥利是一个无法对称的字母，他是一个大写加粗的 X，被扔进了原本

---

[1] 英文版中是 a man, a plan, a canal, Panama（男人，计划，运河，巴拿马）和 Madam, I'm Adam（夫人，我是亚当），都是英文中著名的回文。这里没有按照原文翻译，采用了汉语中有名的回文的形式。

对称的词语或短语中，毁掉了连贯性。

　　现在我的生活失去了条理性。我几乎希望我从没遇见他。我怎样才能回到我过去的生活，一直过着无穷无尽的同一天呢？我怎样才能再次变为那个"读书的女孩"呢？我并不是在嫌弃我在书中度过的那个人生，毕竟，我对世界的所有认识都是从书中获得的。可对树的描写并不是树本身，一千个纸上的吻也比不上奥利的唇贴住我的唇的一次。

玻璃墙

　　一周后，我被什么惊醒了。我坐了起来。我还没完全醒过来，脑袋昏昏沉沉，但我的心已经醒了，而且在迅速跳动。它知道什么我还不知道的事。

　　我看了看表，凌晨三点零一分。我的窗帘拉着，但我能看到奥利的房间有灯光。我逼着自己去窗边，拉开窗帘。他家的整栋房子都亮着灯，连前门门台的灯都亮着。我的心跳再一次加速。

　　哦，不，难道他们又在吵架?

　　一扇门砰的一声关上了。声音很轻，但我没听错。我用拳头抓住窗帘，等着，希望奥利会现身。我没有等太久，他就跌跌撞撞地跑到了前门门台上，像是被人推过去的。

　　和上次一样，去他身边的冲动再一次裹挟了我。我想去找他，我需要去他身边，去安慰他，去保护他。

　　他像往常一样，迅速找回了平衡，转身面对门，双拳紧握。我跟他一起紧张起来，像是等待一次久久还没到来的袭击。他还是保持着搏斗的姿势，面对门，足足一分钟。我从没见过他这样保持不动。

又过了一分钟，他妈妈也到了前门台上。她想摸他的手臂，但他猛地躲开了，甚至没有看她一眼。最终，她放弃了，转身离开。他身上紧绷的肌肉就都松开了。他用手掌根揉着眼睛，他的肩膀开始颤抖。他抬头看着我的窗子。我招招手，但他没有回应。我意识到，他看不到我，因为我的灯是关着的。我跑去开了灯，但再次回到窗前时，他已经不在了。

我把额头、手掌、前臂全部贴在玻璃上，我从没有如此想要逃脱我自己的躯壳。

隐藏的世界

　　有时候，世界会让你看到它。我在渐暗的阳光屋里，独自一人。临近傍晚的阳光透过窗子在房间里打出一个梯形光块儿。我抬头，看到灰尘粒在空气中飘浮，水晶般纯白，泛着光晕，在光线中飞舞。

　　有许多世界与我们共存，只是我们从未注意到。

半个人生

意识到你自己会死，是种奇怪的体验。你不会突然间意识到，这不是那种顿悟。这种事的发生就像回放气球漏气的过程，非常缓慢。

奥利站在门前独自哭泣的样子总也离不开我的脑海。

我盯着他从学校发来的照片看。我在每张照片里都为自己找个位置：玛蒂在图书馆；玛蒂站在奥利的储物柜旁，等着去上课；玛蒂重演《渴望爱的女孩》。

我把我家人的那张照片全部记住了，我想解读其中的秘密。我为这个没有生病的玛蒂、婴儿时期的玛蒂而惊叹，她的生命中有着无尽的可能性。

自从奥利进入了我的生活，一个玛蒂就变成了两个：一个通过书度过人生，不想死；另一个过着真正的人生，有时候会觉得，死亡不过是个小代价。第一个玛蒂对她的思维方式感到惊讶。第二个玛蒂，从夏威夷的照片里跳出来的玛蒂呢？她就像一个神——对寒冷、饥饿、疾病、自然和人为灾害都有免疫力，她不怕心碎。

第二个玛蒂知道，苍白的半个人生不是真正的生活。

再 见

亲爱的妈妈：

首先，我要说我爱你。这你已经知道了，但我可能没机会再告诉你了。

所以，我爱你，我爱你，我爱你。

你聪明、强大、善良、无私。我拥有最好的妈妈。你不会理解我接下来要说的话，连我都不知道自己会不会理解。

因为你我才活到现在，我为此非常、非常感激。我能活这么久，都是你的功劳，因此我才有机会认识我的小世界。但这不够。这不是你的错，只能怪这让人别无选择的人生。

我这么做不是因为奥利。也许是吧，我也不知道。我不知道该如何解释。是奥利，同时又不是奥利。我只是不能再像从前那样看世界了。我遇到他的时候，找到了从前没有意识到的自我，这新的自我不知道该如何安静，如何静静旁观。

你记不记得我们第一次一起读《小王子》的时候？我因为他最后死了很伤心。我不理解他为什么会为了回到他的玫瑰身边而选择死亡。

我想我现在理解了，他不是在选择死亡，他的玫瑰就是他的全部人生。没有它，他并不是真正活着。

　　我不知道啊，妈妈。我不知道我到底在做什么，我只知道我必须去做。有时候我希望我能回到从前，回到我什么都不知道的时候，但我不能。

　　我很抱歉。原谅我。我爱你。

玛蒂

五种感官

听觉

警报系统上的键盘想将我在逃跑的事实公之于众，每次我按下一个数字，它都会发出大大的"哔"声。我只能祈祷，妈妈不会想到这声音的来源，她的房间离门太远，听不到。

门"吱呀"一声开了，我在"外面"了。

世界好安静，安静得如同在咆哮。

触觉

前门的门把手有金属的冰凉和丝滑感，几乎有些滑手。放开它很容易，我放开了。

视觉

现在是凌晨四点，天色太暗，看不到细节。我的眼睛只能捕捉到一些形状，毛茸茸的阴影印在天空中。大树、小树、台阶、花园、两边围着尖桩篱栅，通往一扇大门的石路。大门，大门，大门。

嗅觉

我在奥利的花园里。空气浓郁，充满成熟的香气——花朵、泥土，还有我不断膨胀的恐惧。我把它们装进我的肺里。我朝他的窗户扔了几块儿鹅卵石，叫他出来。

味觉

奥利站在我面前，一脸震惊。我什么也没说，直接将我的唇贴在他的唇上。一开始，他僵住了，不知道该做什么，一动不动，然后他反应过来了。突然间，他把我抱紧。一只手伸进我的头发中，另一只抓着我的腰。

他的味道与我记忆中的一模一样。

其他世界

我们清醒过来了。

好吧，是奥利清醒了。他向后退了退，双手抓住我的肩膀，说："你怎么跑出来了？你还好吗？出什么事了？你妈妈还好吗？"

我假装勇敢："我很好，她也很好。我在逃跑。"

他房间里的光透出一些，刚好足够我看到他脸上困惑的表情。

"我不明白。"他说。

我深吸一口气，却在中途被卡住了。

夜晚的空气冰凉而湿重，与我呼吸过的空气完全不一样。

我想把它吐出来，从我的肺里排出来。我的嘴唇痒痒的，我有些头晕。这是因为恐惧，还是别的原因？

"玛蒂，玛蒂。"他在我的耳边轻声说，"你做了什么？"

我无法回答，我的嗓子眼儿被堵住了，感觉像是吞掉了一块儿石头。

"先屏住呼吸。"他说着把我往我家领。

我跟着他走了一秒，也许是两秒，不过我停住了。

"怎么了？你能走路吗？需要我抱你吗？"

我摇摇头，把手从他手里抽出来。

我吸了一口夜晚的空气："我说了，我要逃跑。"

他发出一种类似于咆哮的声音："你说什么呢？是想找阎王殿吗？"

"恰恰相反。"我说，"你要帮我吗？"

"帮你什么？"

"我没有车，我不会开车，我对世界一无所知。"

他又发出一种介于咆哮和大笑之间的声音，我真希望我在黑暗中
也能看到他的眼睛。

什么东西砰地响了一声。是门吗？我抓住他的双手，拉着他跟我
一起贴在他家房子的墙上。"那是什么声音？"

"天啊，门的声音啊。我家传出来的。"

我更紧地贴在墙上，想消失掉。我瞥了瞥通往我家房子的那条路，
真的以为我妈妈会从那条路上走过来，但她并不在那儿。

我闭上眼睛。"带我去屋顶。"

"玛蒂——"

"我会解释一切的。"

我的整个计划都要依靠他的帮助，但我没有认真考虑过，他要是
拒绝我该怎么办。我们沉默了片刻，一次呼吸的时间，然后两次，然
后是三次。

他拉起我的手，领我去了他家房子离我家最远的那一端。有一个
高高的梯子通往屋顶。

"你恐高吗？"他问道。

"我不知道。"我开始爬。

我们到了房顶，我就开始低头。

"反正大多数人不会抬头看的。"他说。

过了几分钟，我的心跳才恢复正常。

奥利以一贯的优雅半蹲下，我很高兴看到他又开始动了。

"所以，你要干什么？"过了一会儿之后，他问道。

我看看四周。我总想知道他在屋顶上都干些什么，房顶上有些地方有山墙，但我们坐在靠后的一块儿平地上。我能看出一些形状：一张小木桌上放着一只马克杯，还有一盏台灯、一些揉成团的纸。也许他在这里写东西，写烂诗，写五行打油诗。

"台灯能用吗？"我问。

他沉默着打开了灯，在我们周围映出一圈温润的灯光。我几乎不敢看他了。

桌上团起来的纸都是快餐包装纸，这么说来，他没有什么秘密的诗人身份。桌子旁边有一张灰色的油布盖着什么东西，地上散落着各种工具——各种大小的扳手、切线器、锤子，还有几件我不认识的工具，甚至还有一把喷枪。

我终于转头看他。

他的手肘放在膝盖上，他在盯着缓缓明亮起来的天空看。

"你来这儿都干吗？"我问道。

"现在这个话题真的有意义吗？"他的声音很坚定，他没有看我，几分钟前还在吻我的那个男孩消失得无影无踪。他为我感到恐惧，这份恐惧将其他一切都挤走了。

有时候你为了对的原因做一些事，有时候你的原因是错的，有时候你无法分辨你的动机是好是坏。

"我有药。"我说。

他本就已经很安静了，可听到这个，他彻底僵住了。"什么药？"

"实验药物，没有经过 FDA 认证。我在网上买的，然后从加拿大寄过来的。"这谎撒得轻易，毫不费劲。

"网上？你怎么知道这玩意儿安全呢？"

"我做了很多调查。"

"可你还是不能确定——"

"我一点儿也不冲动。"我直视着他的双眼说。这些谎言都是为了保护他，他听了立即放松了下来。

我接着补充道："我吃了这个，应该能在外面待几天。我没有告诉妈妈，因为她不会想冒险的，但我——"

"因为这确实有危险。你刚说过 FDA 没有认证——"

"几天是足够安全的。"我的语气毫不犹豫。我等着，等他听信我的谎言。

"老天啊。"他用双手捂住脸，那样停留了一会儿。他抬起头时，我看到的是一个不那么固执的奥利。他的声音都变轻柔了："你五分钟前就该告诉我这些的。"

我尽力缓解紧张的情绪。"我们在接吻啊！然后你就生我的气了。"我红了脸，因为说起接吻，还因为我刚刚的谎言，"我是打算告诉你的。我这不是告诉你了吗？"

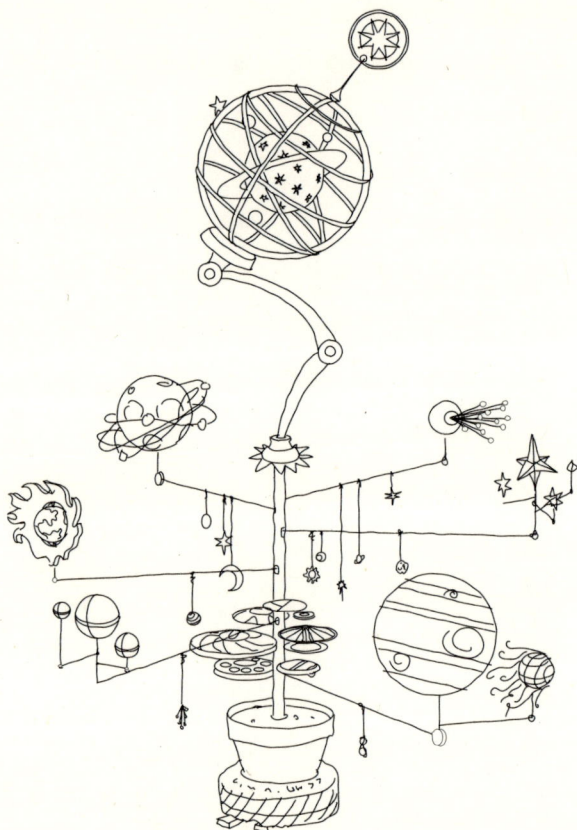

　　他太聪明了，不会那么容易相信这一套的，但他希望这是真的。他的希望盖过了他对真相的渴望。他脸上露出的笑容有些谨慎，但还是那么美，美到我不想移开视线。就是为了他这个微笑，我也愿意再次撒谎。

　　"好了。"我说，"那张布下面盖的是什么？"

他递给我布的一角，我掀开了布。一开始我没反应过来我看到的是什么。这就好像看到一堆文字组合在一起，反应了一会儿才明白它们的意思。

"好漂亮。"我说。

"这叫星系仪。"

"你在这上面就是干这个？建宇宙？"

他耸耸肩。

一阵微风吹过，行星开始转动起来。我们一起沉默地看着它们转动。

"你确定吗？"他声音中的怀疑又一次出现了。

"拜托，帮我。奥利，求你了。"我指着星系仪，"我也需要逃离，即使只是一阵子。"

他点点头，说："你想去哪儿？"

阿罗哈代表你好和再见　第二部分

Email

写邮件

收件箱（2）
发件箱
草稿箱
垃圾邮件
更多 ▾

第1封，共2778封 ◀ ▶ ⚙

感谢选择鸡蛋花航空　🖨 🖼

发件人：鸡蛋花航空
收件人：我 ☐　☆ ↩ ▾

鸡蛋花航空

准备好，说阿罗哈！

您的航班信息如下：

确认单号：AFTOOQ

出发时间	始发机场	到达机场	乘客	机舱	座位
2014年 10月10日 7：00 AM	LAX 加利福尼亚州， 洛杉矶	OGG 夏威夷， 卡胡鲁伊	玛德琳·淮提尔 奥利弗·布莱特	经济舱 经济舱	21F 🗐 21E

已然快乐

"玛蒂，严肃点，我们不能去夏威夷。"

"为什么不能？我已经给咱们买好机票了，还订了酒店。"

我们坐在奥利的车里，车停在他家的车道上。他已经插上了钥匙，却没有发动车。

"你在开玩笑吗？"他边问，边在我脸上寻找我是开玩笑的痕迹。但他没找到，开始缓缓摇头，"夏威夷在三千英里之外。"

"所以才要坐飞机啊。"

他无视了我调节情绪的调侃："你认真的？你什么时候干的这些啊？怎么做到的？为什么？"

"你再多问一个问题，就是五个问题快问快答了。"我说。

他向前微倾，把额头靠在方向盘上。

"昨晚，用信用卡，因为我想看世界。"

"你有信用卡？"

"我几周前申请的，跟年纪大的女人一起玩的好处。"

他从方向盘上抬起头来，但并没有看我，还是望着前方："你要是出事了怎么办？"

"不会出事的。"

"但如果呢？"

"我有药，奥利，它肯定有用。"

他紧闭双眼，把手放在钥匙上："你知道的，我们在南加州就能看到世界，能看到很大一部分。"

"但是没有胡姆胡姆努库努库阿普阿阿鱼。"

他的嘴角漾起了小小的微笑，我需要他的整张脸都微笑起来。他转过来，面对我："你说什么呢？"

"胡姆胡姆努库努库阿普阿阿鱼。"

"胡姆胡姆什么是什么？"

"夏威夷的州鱼。"

他的微笑亮了起来。"当然了。"他转动钥匙，他的目光停留在他家的房子上，微笑黯淡了下来，不过只有一点点，"去多久？"

"两晚。"

"好吧。"他牵起我的手，给我一个轻快的吻，"咱们去看这个鱼。"

我们远离他家之后，奥利的情绪有所好转，活泼了起来。这次旅途给他一个理由，暂时放下他家的包袱。而且他还有个在纽约时的老朋友——扎克，住在毛伊岛。

"你会爱上他的。"他跟我说。

"我什么都会爱上。"我答道。

我们的航班七点才起飞，我想绕个道。

坐在他的车里，感觉就像是坐在一个非常吵闹、迅速移动的泡泡里。他拒绝打开窗户。他按下仪表盘上的一个按钮，关掉了空气循环。轮胎摩擦沥青路的声音就像一个人在低声龃牙，不停地响，还凑在我耳边。我得努力遏制捂耳朵的冲动。

奥利说我们开得不是很快，但对我来说，我们简直像是在太空中急速前行。我读到过，高铁的乘客说，窗外的景色会因为车的行进速度太快而变得模糊。我知道我们远没有那么快，可窗外的风景还是移动得飞快，我的眼睛跟不上。我只能匆匆瞥到远处棕色山丘上的房子，高悬的广告牌上画着秘密符号、写着字，我还来不及看，就过去了。车牌和车牌贴在眨眼间就闪过。

虽然我理解其中的原理，却还是觉得我坐着不动却在前进是种奇怪的感觉。好吧，我不是完全坐着不动。奥利加速时，我会被甩得紧贴座位，而他每次刹车，我都会被甩到前面。

我们经常放缓速度，这样我就能看到其他车里的人。

我们路过一个女人旁边时，她在边摇头边用双手拍方向盘。我们从她旁边开过之后，我才意识到她大概是在听着音乐摇摆。另一辆车的后座里坐了两个孩子，他们冲我吐舌头，还大笑。我什么也没做，因为我不知道这种情况下的礼仪规则。

渐渐地，我们放缓到正常的速度，离开了高速公路。

"我们在哪儿？"我问。

"我们在韩国城。"

我想同时看太多地方，头都晕了。周围有很多灯牌和广告牌，上面只有韩文。我不认识韩文，所以这些牌子在我看来都是图案漂亮、神秘的艺术品。当然了，牌子上的内容可能是非常日常的，饭店、药店、二十四小时便利店什么的。

时间还很早，但这里已经有许多人在做很多不同的事了——走路、交谈、坐着、站着、跑着，或是骑着自行车。我不敢相信他们都是真的。他们跟我在建筑模型上放的小人儿一样，给韩国城增添了生气。

又或者，我才是假的，我根本就没有真的来这里。

我们又开了几分钟。最后，我们在一栋两层公寓楼前停车，院子里有个喷泉。

奥利解开他的安全带，但没有要离开车的意思。"你不能出任何事。"他说。

我伸手过去，拉起他的手。"谢谢。"我只能想到这句话。我想告诉他，我出来不是他的错，爱会为你打开世界的大门。

我遇到他之前就很快乐，但我现在才算真正活着，这两者并不是一回事。

感　染

卡拉一看到我，就尖叫着捂住了她的脸。

"你是鬼魂吗？"她抓住我的肩膀，把我贴在她的胸前，抱着我左右摇晃，然后又把我紧紧贴在胸前。她抱完我的时候，我肺里的空气已经被挤光了。

"你来这儿做什么？你不能来这儿。"她说，她还在紧紧抓着我。

"我也很高兴见到你。"我挤出来这句话。

她放开了我，摇摇头，仿佛看到了什么奇迹，然后又拥抱了我。

"噢，我的孩子。"她说，"哦，我想死你了。"她用双手捧住我的脸。

"我也想你了，我很抱歉——"

"别说了，你不需要道歉。"

"我害你丢了工作。"

她耸耸肩："我又找了一份啊。再说了，我想念的是你。"

"我也想你。"

"你妈妈只是做了必要的事。"

我不想想我妈妈，于是我回头找奥利，他站在远处。

"你记得奥利吧。"我说。

"那张脸我怎么会忘记呢？还有那身材啊。"她说，声音绝对大到他能听到。她大步走到他身边，给他一个大大的拥抱，只比给我的那个稍微小一点。

"你在照顾我们家姑娘吗？"她抱完，拍拍他的脸，用的劲儿有些大了。

奥利揉揉自己的脸。"我在尽力。我不知道你知不知道，她可能有点倔。"卡拉的目光在我俩之间转换了好几回，这过程持续了好一会儿，她注意到我们之间的气氛有些紧张。

我们还是站在她家的走廊里。"进来，快进来。"她说。

"我们以为你这么早还没起床呢。"我边进门边说。

"人一老就不爱睡觉了，你到时候就知道了。"

我想问，我会活到老吗？不过我没问，我问的是："罗莎在家吗？"

"在楼上，睡觉呢。你想让我去叫醒她吗？"

"我们没太多时间，我就是想来看看你。"

她再次捧起我的脸，重新观察我，这一次是以护士的角度。

"我肯定是错过了好多。你怎么来这儿了？你感觉如何？"

奥利走近一些，想听我的回答。我抱住自己的腰说："我很好。"我的语气有些太欢快了。

"跟她说药的事。"奥利说。

"什么药？"卡拉问道，她的目光锁定我一人。

"我们有药，实验药物。"

"我知道你妈妈不会给你任何实验性的东西。"

"我自己弄的，我妈妈不知道。"

她点点头确认："从哪儿弄的？"

我把跟奥利说的话又告诉她一遍，但她不信我，她绝不会相信我的。她用手捂住了嘴，眼睛瞪得像卡通人物的一样大。

我用眼神传达我的心思，沉默地向她祈求：拜托了，卡拉，拜托要理解我，求你不要揭穿我。你说过，生命是一份馈赠。

她扭头，揉了揉她胸口上方："你肯定饿了吧，我给你做早餐。"

她领我们去一个明黄色、软绵绵的沙发上坐下，她自己消失在了厨房里。

"她家跟我想象的一模一样。"她一离开，我就对奥利说。我不希望他问什么关于药的问题。

我们两人都没坐，我从他身边走开了一两步，四周的墙都刷成简单的颜色。

小摆件和照片摆满了几乎每一个地方。

"她好像觉得药没问题。"奥利终于开口了。他靠近了一些，但我紧绷了起来。我害怕他一碰到我的肌肤，就能看穿我的谎言。

我在客厅里来回走，看到好几代女性的照片，她们长得都跟卡拉很像。有一张巨大的照片是卡拉抱着还是婴儿的罗莎，照片挂在一套双人沙发上方。不知为何，这张照片让我想起我妈妈。是因为她看罗莎的眼神，其中不光有爱，还有一股冲劲儿，好像她随时准备好，为了保护她，可以做任何事。而我永远无法回报她为我做过的一切。

卡拉给我们做了汁拉贵司早餐——在油炸玉米脆皮上加上辣汁、起司和墨西哥奶酪酱，这种酱跟法式酸奶油有点像。食物美味而且新鲜，可我只吃了一口。我太紧张了，吃不下去。

"卡拉，以你的专业眼光看，你觉得药有用吗？"奥利问，他的声音中充满了积极的期待。

"也许吧。"她说，可她回答的时候还摇着头，"我不想给你们虚假的希望。"

"告诉我。"我说。我需要问她，我为什么还没发病，但我不能问。我被自己的谎言所困。

"可能是药推迟了发病症状。即使没有药，也可能是你还没有碰到会触发症状的东西。"

"也可能是药有作用。"奥利说。他的心态已经超越了他所希望的。在他看来，这药就是奇迹。

卡拉从桌子对面伸手拍拍奥利的手。

"你是个好孩子。"她对他说。

她不看我，只是收起我们的盘子，去了厨房。我跟着她，因为羞愧而走得很慢。"谢谢。"

她用毛巾擦擦手。"我理解你，我理解你为什么出来了。"

"我可能会死，卡拉。"

她沾湿了擦碗布，擦着厨台上一块儿已经很干净的地方。"我在半夜里离开墨西哥，身无分文。我以为我没法活下来，因为很多人都没活下来，但我还是离开了。我丢下了我的父亲、母亲，还有我的兄弟姐妹。"

她洗干净抹布，继续说："他们想阻止我，他们说这不值得我赌上性命，但我说这是我的人生，应该由我来决定是否值得。我说我要去，不管是会死，还是会过上更好的生活。"

她又洗了一遍抹布，把它拧干。"我跟你讲，我离开我家的那晚，是我觉得最自由的时刻。即使现在，我在这儿过了这么多年，也从没有感受过那种自由。"

"那你不后悔吗？"

"我当然后悔了。那次旅途中发生了许多坏事。我父母双双去世，我却不能回去参加葬礼，罗莎对自己的祖辈和故乡一无所知。"她叹了口气，"可是啊，有遗憾的人生才叫人生。"

我能后悔什么呢？我的脑海中闪过一张张画面：妈妈独自在我的白色房间里，心想她爱过的人都去哪儿了；妈妈独自站在一片绿色田野当中，低头盯着我的坟墓、爸爸和哥哥的坟墓；妈妈在我们家的房子里独自老去、死去。

卡拉摸了摸我的手臂，我狠狠地将这些画面推出脑海。我不能忍受想这些事。我要是想的话，就会活不下去。

"也许我不会发病。"我低声说。

"没错。"她说。希望像病毒一样，感染了我的全身。

回 见

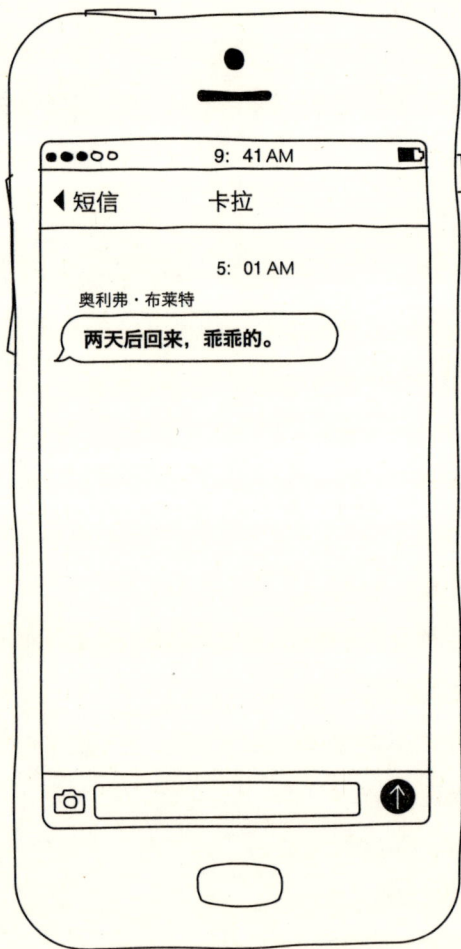

首次乘机者常见问题

问：解决舱内压力变化导致的耳痛最好的方法是什么？

答：嚼口香糖，还有接吻。

问：最好的座位是什么位置：窗边、中间，还是过道边？

答：窗边，绝对的。从三万两千英里的高空看世界，真是一幅美景。不过要注意，你的同伴可能会被困在一个超级多嘴的无聊之人旁边。吻(你的同伴，不是那个无聊的人)在这种情况下也是高效的解决办法。

问：每小时机舱空气会循环多少次？

答：二十次。

问：一条飞机毯能同时盖住几个人？

答：两人。一定要记得把两人之间的扶手抬起来，这样你们就能靠在一起，多盖一些毯子。

问：人类既发明了飞机这样美好的东西，又发明了核弹这样可怕的东西，这怎么可能呢？

答：人类是神秘而自相矛盾的。

问：我会遇到气流吗？

答：会的。所有人的人生中都会遇到一些气流。

行李传送带

"我觉得行李传送带是对人生的完美比拟。"奥利站在静止的传送带头上说。

我们两人都没有托运行李。我只带了一个小背包，里面装着必需品——牙刷、干净的内衣、旅游书《毛伊岛——孤独的土地》，还有一本《小王子》。我当然得带上它了，我要再读一遍，看看我读到的意义会不会变化。

"你什么时候意识到的？"我问道。

"就刚刚。"他现在异常兴奋，满脑子疯狂的理论，就等着我让他详述。

"你不想先多思考思考再来讲给我听吗？"我问。

他摇摇头，跳到了我面前："我想现在就开始讲，求你了。"

我大气地示意他继续讲。

"你一出生，就被丢上这条疯狂的传送带——人生，它不停地转啊转啊转。"

"你这个理论里，人就是行李？"

"是的。"

"继续。"

"有时候，你会在时机未到时掉下来；有时候，你会因为其他行李掉到你脑袋上而受到伤害，你无法继续正常生活；有时候，你会被丢掉、被忘记，在传送带上一直转下去。"

"那被取走的呢？"

"它们会去某处的衣柜里过着毫无亮点的人生。"

我张口闭口好几次，却不知道该从何说起。

他把这当成了同意："看到没？我的理论无懈可击。"他在用双眼笑我。

"无懈可击。"我重复道，我是说他，不是说他的理论。我的手指与他的交缠，我看看四周。"这里跟你记忆中一样吗？"奥利之前来过一次，他十岁的时候一家人一起来度假。

"很多我都记不得了。我只记得我爸爸说，他们花点钱来提升第一印象又不会死。"

出口处零零散散站了许多欢迎小队的人——穿着长长花裙子的夏威夷女人们举着欢迎牌，手臂上挂着一条条紫色、白色兰花编的花环。这儿的空气闻起来并没有海的味道，反而有工业化的味道，像飞机燃料和清洁剂。这是我渐渐喜欢上的一种味道，因为它意味着我在旅行。我们周围的噪声起起伏伏，其中夹杂着欢迎小队和家人们唱阿罗哈的声音。第一印象其实还不坏。我不知道他爸爸怎么能在这个世界里生活了这么久，却看不到其中的美好。

"你的行李理论里，你妈妈是被砸坏的那种行李吗？"

他点点头。

"那你妹妹呢？她是那种被丢掉，一圈一圈转下去的吗？"

他又点点头。

"那你呢？"

"跟我妹妹一样。"

"那你爸爸呢？"

"他就是传送带。"

我摇摇头，说："不。"然后抓住了他的手，"他不能得到一切，奥利。"

我让他尴尬了，他把手抽了出来，退后一些，观察航站楼。

"亲爱的，你需要一个花环。"他说。他冲一个欢迎小队成员点点头，她还没有找到对应的乘客。

"我不需要。"我说。

"噢，你需要啊。"他坚持说，"在这儿等着。"他走到那个欢迎者身边。一开始她摇摇头，可奥利还是跟平常一样，坚决不退让。几秒钟之后，他们两人一起看着我。我招招手，向她证明我很好、很友善，是那种你可能想免费送花环的人。

她被说服了。奥利胜利归来。我伸手去接，但他直接把它放在了我头上。

"你知道吗，传统上，花环是只能送给王室成员的。"我说，这是我的旅游书里写的。他用双手拢起我的头发，轻抚我的后颈，最后让花环落了下来。

"这谁不知道呢，公主？"

我用手指捏了捏花环，感觉花环的美有一部分转移到了我身上。

"Mahalo nui loa。"我说，"意思是'非常感谢你'。"

"你把旅游书通读了一遍，是吗？"

我点点头。"我要是有行李箱的话，"我说，"我会很爱它的，我旅行的时候就会把它塑封起来。我会在上面贴上我去过的所有地方的贴纸。我在行李传送带上看到它，就会立即用双手去取，我会很开心，因为那时候我的旅行就能真正开始了。"

他看着我，就像一个非信徒看到了上帝存在的证据，至少是可能存在的证据。他拥我入怀，我们紧紧拥抱，他的脸埋在我的头发里，我的脸贴在他的胸前，我们之间容不下阳光。

"不要死。"他说。

"我不会的。"我答道。

玛德琳的字典

承诺（chéng　nuò），名词、动词

你想隐藏起来的谎言。

[2015，淮提尔]

此时，此刻

　　旅游书说，毛伊岛形似一颗头颅。我们的出租车将带着我们横穿这颗头颅的颈部，沿着下颚线，越过下巴、嘴巴、鼻子，一直到宽阔的额头。我给我们订了一家在卡阿纳帕利沙滩的酒店，位于发际线以上的头皮上。

　　我们转了个弯，突然间，大海进入了视线，与我们左边的路平行，与我的距离连三十英尺都不到。

　　大海的一望无际让我震撼，它似乎一路延伸到了世界的尽头。

　　"我真不敢相信我错过了这些。"我说，"我错过了整个世界啊。"

　　奥利摇摇头，说："一点一点慢慢来，玛蒂，我们不是已经来这儿了吗？"

　　我看看奥利海蓝色的眼睛，感觉自己沉溺其中，被水包围。有好多东西要看，我都难以决定该看什么了。世界太大了，我没有足够的时间去看。

　　他又一次读懂了我的心思："你想停下来看看吗？"

　　"好啊。"

他问司机我们可以靠边吗，司机说没问题的。他知道前面就有个好地方，有公园和野餐的地方。

发动机还没彻底熄火，我就跑出了车。车和水之间的距离很近，只要往山坡下面走，然后穿过沙地就可以了。

奥利在我身后隔了一些距离跟着。

大海比我想象中要更蔚蓝、更辽阔、更波涛汹涌。风吹拂起我的头发，沙子和盐粒刮擦着我的皮肤，入侵我的鼻子。我到了山坡脚下，才脱掉鞋子。我把牛仔裤裤腿卷起来，能卷多高卷多高。沙子很烫，还又干又松散。我的脚陷在沙子里，脚趾间都塞满了沙子。

我越来越靠近水，脚下的沙子也发生了变化。现在沙子开始黏在我脚上了，仿佛给我的脚裹上了第二层肌肤。到了水边，沙子再一次发生变化，成了流动的天鹅绒。我的脚在软软的沙子上留下印记。

终于，我踩进了流动的水中，然后我的脚踝也在水中了，接着我的小腿也淹没在水中。我一直往前走，直到水淹没了我的膝盖，沾湿了我的牛仔裤。

"小心点。"奥利在我身后某处喊道。

我不知道这话在这种时候是什么意思。因为我可能溺水而小心吗？因为我可能发病而小心吗？因为你成为世界的一部分，世界就会成为你的一部分而小心吗？

此刻，一切反驳都是没有用的。我已经置身于世界中，而世界，也已种在我的体内。

玛德琳的字典

海洋（hǎi yáng），名词

你自己身上，你从未意识到，却总是怀疑它存在的部位，无穷无尽。

[2015，淮提尔]

拾得奖励

  我们的酒店坐落在沙滩上，我们从小小的开放式大堂里能看到大海，还能闻到大海的味道。我们又听到唱阿罗哈的，还看到好多花环。奥利把他的给了我，我脖子上挂了三个花环。一个穿着黄白相间的夏威夷衬衫的门童说要帮我们拿行李，可我们根本没有。奥利咕哝着说我们的行李还没到，绕过了他，免得他再逼问我们。

  我让奥利去了前台，把我们的证件都给了前台的女人。

  "欢迎来到毛伊岛，准提尔先生和太太。"前台的女人说。他没有纠正她，只是把我拉到身旁大声亲了我一下。

  "非常非常感谢。"他咧嘴笑着说。

  "您要在我们这里入住……两夜？"

  奥利看看我，等我确认，我点点头。

  女人敲了几个字，告诉我们虽然时间还早，但我们的房间已经准备好了。她给了我们钥匙，还有一份酒店地图，告诉我们有免费的简单的自助早餐。

"祝你们蜜月快乐！"她眨眨眼，跟我们道别。

房间很小，非常小，装饰与大堂差不多，柚木家具，大大的图片上印着鲜艳的热带花朵。站在我们的阳台上，能俯视一个小花园，还有个停车场。

我站在房间正中央，转了三百六十度，看到的是一个"临时"的家里的必需品——电视、小冰箱、大衣柜、桌椅。我又转了三百六十度，看看还缺什么。

"奥利，咱们的床在哪儿？咱们睡哪儿啊？"

他先是愣了一下，一头雾水，直到他看到了什么。

"哦，你是说这个啊？"他走到我以为是大衣柜的东西前，抓住顶上的两个把手，一拉，拉出来一张床。"好咯。"他说，"这是节省空间现代设计的典范啊，设计感和舒适度的高峰，方便与实用的结合——墨菲隐壁床。"

"墨菲是谁？"我问道，看到床从墙上蹦出来的惊讶还未退去。

"发明这床的发明家。"他眨着眼说。

床一展开，房间感觉更小了。我们两人都盯着床看，看的时间稍微长了一些。奥利转身看看我，他说话的时候我的脸就红了。

"只有一张床。"他语气平淡，但他的眼神可不是如此，他的眼神让我的脸更红了。

"那么……"我们一同说出口。我们尴尬又害羞地笑了笑，然后又因为自己的尴尬和害羞笑了起来。

"你的旅游书呢？"他问，他终于将目光从我身上移开，开始看房间。他抓起我的背包，在里面翻，但是他拿出来的不是旅游书，而是《小王子》。

"看来你只带了必需品嘛。"他调侃道，边说边把书摇晃摇晃。他上了床，开始在床中央轻轻蹦跳。墨菲床的弹簧吱呀响起来。"这不是你最爱的书吗？"

他把书颠了个个儿。我说："我们上二年级的时候读的这本书。我很确定我当时没读懂。"

"那你应该再读一遍。每次读都能读出不同的意义。"他低头看我，"你读过多少——"

"也就几遍。"

"多于还是少于二十遍？"

"好吧，不能说是几遍。"

他笑着，翻开书封。"所有者：玛德琳·淮提尔。"他翻到扉页，继续读，"拾得奖励：与我（玛德琳）一起在摩洛基尼岛潜泳，寻找夏威夷的州鱼——胡姆胡姆努库努库阿普阿阿鱼。"

他读到这里不大声念了，而是开始自己看。"这是你什么时候写的？"他问。

我也上了床，但是我觉得一阵晕眩，房间摇晃了一下子，于是停了下来。我又试了一次，却再次被眩晕袭击。

我转身坐下，背对着他。我的心在胸膛里发紧，疼得我喘不过气来。

奥利立刻坐到了我的身边。"玛蒂，怎么了？出什么事了？"

噢，不要，不要现在。我还没有准备好。"我头晕。"我说，"我的肚子——"

"我们需要去医院吗？"

我的肚子大声叫了起来，叫了好一会儿。我抬头看他："我觉得我是——"

"饿了。"我们一起说。饥饿。

那就是我此刻的感觉啊，我没有发病，我只是饿了。

"我快饿死了。"我说。过去的二十四小时里，我只吃了一口汁拉贵司，还有邪恶护士给的几个苹果块儿。

奥利开始大笑，他躺倒在床上。"我担心死了，以为空气中的什么东西要害死你呢。"他用手掌根揉揉眼睛，"可你只是快饿死了。"

我还从没这样饿过。大多数时候，我都每天按时吃三餐、两次零食。卡拉特别相信食物的力量。"肚子空空，脑袋空空。"她常这样说。

我躺下，跟他一起大笑。

我的心又紧了一下子，但我没有理会。

铭记此刻

我们简单吃了些东西之后，我感觉好多了。我们需要沙滩装备，奥利说，我们还需要买纪念品，于是我们进了一家非常应景的商店，这家店叫毛伊岛纪念品店及小卖铺。我觉得我从没一下子见过这么多东西，我被商品的数量和品种惊呆了：一摞一摞短袖、帽子，上面印着毛伊岛、阿罗哈，或是其他类似的字；一架子一架子花裙子，几乎所有颜色都有；各式各样的小摆件挂在旋转架子上——钥匙链、小酒杯、磁铁……一个旋转支架上全都挂着冲浪板形钥匙链，每个上面都印着名字，按照字母排列。我找奥利弗和玛德琳，或者是奥利和玛蒂，可都没找到。

奥利从我身后过来，用一只手臂揽住我的腰。我面前的一面墙上都挂着半裸的冲浪手日历，他们可不丑。

"我嫉妒了。"他在我耳边说，我笑着摸了摸他的手臂。

"你该嫉妒。"我伸手去拿其中一张日历。

"你不是真的——"

“给卡拉买的。”我说。

“好吧，好吧。”

“你买了什么？”我把头靠在他的胸前。

“给我妈妈买了条贝壳项链，给凯拉买了一个菠萝烟灰缸。”

“人们为什么要买这种东西？”

他将我拥得更紧了一些。“这没什么神秘的。”他说，“只是提醒我们记得，要记住某些时刻。”

我在他怀里转身，心想，他的臂弯这么快就成了我在这世界上最爱的地方，熟悉而又陌生，舒适而又刺激。

“我要给卡拉买这个，”我说着挥了挥手里的日历，“还要买巧克力夏威夷果，然后再给自己买条花裙子。”

“那你妈妈呢？”

给一个爱你一辈子，为你放弃了整个世界的母亲该买什么纪念品呢？而且你可能永远也见不到她了。什么都不够，不会够的。

我回想起她给我看的那张我们一家人在夏威夷的照片。我不记得，不记得跟她和爸爸、哥哥一起在海滩上。但她记得，她有关于我的记忆，记得一个我不曾拥有的人生。

我从奥利怀里退出来，在商店里走来走去。其他青少年十八岁时，都已经跟父母疏远了，他们会离开家，过上独立的生活，有独立的记忆。而我不是这样的，我和我妈妈一直处在同一个封闭空间里，呼吸着同样的过滤空气，这样持续了太久，以至于我远离她，在这里，有种奇怪的感觉。创造没有她的记忆是种奇怪的感觉。

我要是回不了家，她会怎么做呢？她会紧紧抓住关于我的记忆吗？她会时常将这些记忆拿出来细品，一遍遍回味吗？

我想给她一些关于这次体验的东西，关于我离开她的时光。一些让她可以记住我的东西。我找到一个旋转架子，上面摆着各式复古明信片，我把真相告诉她。

噢，我真希望
你在这儿！

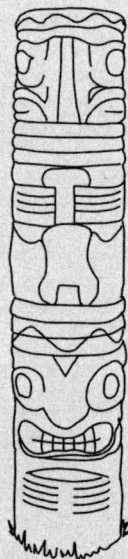

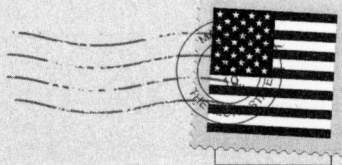

妈妈
蝴蝶犬路304号
加利福尼亚州
洛杉矶90036

传统提基图腾柱是灵魂的象征，
曾被用来抵御邪恶灵鬼。

泳 衣

我可能应该在买泳衣之前先试试吧，并不是因为我穿不上，我能穿上，但是很紧。我真的要穿这么少的衣服出现在公众场合吗？

我在洗手间里，低头看看自己，再抬头看看镜中的自己。这是一件亮粉色的吊带型的连体泳衣。粉色太艳丽了，把我的脸颊都映成粉色的了。我看起来脸红扑扑的，就像该在阳光中沐浴的红脸蛋儿夏日女孩。

我的头发因为潮湿，比往常更蓬了。我把头发抓起来，编了一个长辫子，好让它整齐些。我又看看镜子。能减少这件泳衣印象的唯一方法就是再穿些衣服，可能还得穿上所有衣服。我再观察一遍自己的身体，不可否认，我穿上这泳衣，有胸还有腿。我的所有部位都比例匀称，位置恰当。我扭了一下，确认我的臀部没有暴露在外，没有，但也很紧张。我要是个普通女孩，在镜子里看到的自己会是什么样呢？我会觉得自己太胖，或是太瘦吗？我会讨厌我的胯、我的腰、我的脸吗？我会有身材形象方面的心理问题吗？现在的问题是，我唯一的想法就是，我希望能把这个躯体换掉，换一个功能正常的身体。

奥利敲了敲门："你是在里面潜泳吗？"

我最终还是得离开浴室，但我太紧张了。奥利会觉得我的身材匀称吗？

"其实我在深海钓鱼。"我的声音有些发颤，但非常轻微。

"那太好了，我们晚饭就吃寿司——"

我迅速打开门，就像揭开创可贴一样。

奥利话说到一半停了下来。他的目光缓缓从我的脸扫到我的脚趾，然后再更缓地回到上面。

"你穿泳衣了。"他说。他的目光停留在我的颈部和胸之间的地方。

"是啊。"我与他对视，我在他眼神中看到的东西，让我感到我是赤身裸体站在这里。我的心跳开始加速，我深深呼吸，想让心跳慢下来，可它没有。

他用双手抚摸我的双臂，同时缓缓把我拉到他身边。我们离得足够近时，他的额头轻轻碰着我的。他的双眼像燃烧的蓝色火焰。

他看起来像个快要饿死的人，仿佛可以一口气吞下我。"这件泳衣——"他说。

"有点小。"我总结道。

夏威夷热带鱼指南

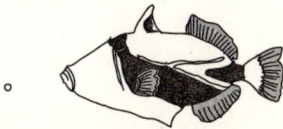

胡姆胡姆努库努库阿普阿阿鱼
（夏威夷鳞鲀）

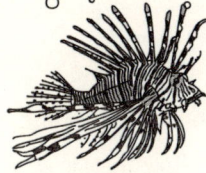

蓑鲉
（狮子鱼）

尖嘴鱼
（腭针鱼）

斑马裸海鳝

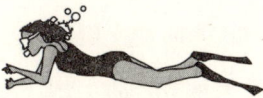

玛蒂
（珍稀物种，濒临灭绝）

奥利
（永生，近乎完美）

跳

　　我直接下了水，这让奥利很惊讶。他说我就像婴儿一样，初生牛犊不怕虎。我也像婴儿一样，冲他吐了吐舌头，穿着救生衣，继续往水里走。

　　我们在"黑石"，这个地方得名于火山石形成的嶙峋峭壁，一直沿着海滩延伸，高耸直插云霄。在水中，岩石形成一个弯月形，可以缓和波浪，又形成了一处珊瑚礁，适合潜泳。我们在"阳光玩乐"导游处的向导说，这处海滩很受悬崖跳水者的欢迎。

　　水冷而咸，很美好。我想我前世可能是条美人鱼吧，一个建筑设计师美人鱼宇航员。脚蹼和救生衣让我能在水面上漂浮，我花了几分钟的时间才习惯通过面具呼吸。我听着自己呼吸被放大的声音，很平静，还有一种奇怪的欢愉感。我每次呼吸，都能更加安心，因为我不光是活着，而是在享受生活。

　　我们立刻就看到了夏威夷鳞鲀。实际上，这儿还挺多的，我猜它们之所以是夏威夷的州鱼，也是因为数量多吧。大多数鱼都成群结队，聚集在珊瑚礁附近。我从没见过如此鲜艳的颜色，不光是蓝色、黄色、红色，还是你所见过的最深的蓝色、最明亮的黄色、最生动的红色。在距离珊瑚礁不远的地方，阳光在水中形成了多边形的光柱。一群群银鱼窜来窜去，似乎是被同一个意识所控制。

我们牵着手往深处游，看到黄貂鱼游过，看起来就像白肚皮的大鸟。我们看到两只巨大的海龟，似乎是在飞，而不是在游。从知识的角度上讲，我明白它们不会伤害我们。但它们好大啊，它们又如此明显地属于这个水的世界——而我不是——于是我停了下来，不想吸引它们的注意力。

我可以这样保持一整天，但最后奥利拉着我回了岸边。他不想我们——实际上是我——被正午的太阳灼烧。

回到海滩上，我们在一棵阴凉的树下擦干。我能感到奥利在他以为我没注意的时候看我，但我们俩是在互相偷看——我也在偷偷瞄他。他脱下了上衣，只穿着泳裤，所以我终于看到了他肩膀上、胸前、腹部平滑健壮的肌肉。我想记住他身上的每一寸，用我的手去记忆。我打了个寒战，用毛巾裹住身体。奥利误解了我的颤抖，走到我身边来，把他的毛巾也给我裹上。他的皮肤有大海的气息，还有一种别的味道，一种无法定义却让他无比独特的味道。我想舔他的胸膛，尝他肌肤上阳光与盐的味道，这让我自己都惊讶。我的目光从他胸前移开，挪到他的脸上。他避开我的眼睛，把我的毛巾裹紧，把我的皮肤都盖住了，然后从我身边退开。我觉得他在努力控制自己。

而我不希望他那样做。

他望了望悬崖，那里有人——大多数是青少年——在往海里跳。"你想从大石头上跳下来吗？"他问我，他的眼睛在闪光。

"我不会游泳。"我提醒他。

"淹一淹没关系哦。"亏他当初还给我讲大海有多么无情无义。

他抓住我的手，我们一起朝悬崖跑去。走近之后，石头看起来就像发硬的黑色海绵，踩起来很尖利，我每一步都要花点时间找到可以踩的孔，但最终我们爬到了崖顶。

奥利焦急地想跳，他甚至没有停下来欣赏一下美景。"一起？"他低头看着闪光的水问道。

"下次吧。"我说。

他点点头。"我先，我不会让你淹到的。"他向高处、远处眺望，在空中翻了一个跟头，直挺挺入水。几秒钟后，他冒出头来，冲我招手。我也招招手，然后闭上双眼，衡量我的处境。因为从悬崖上跳下去似乎是个意义重大的时刻，适合做些宏观思考。奇怪的是，我其实并不想想太多。我跟奥利一样，只想跳下去。我看到水中奥利的脸，他在等我。想到我的未来可能会发生的事，跳下悬崖真的一点都不吓人。

悬崖跳水指南

孤独的土地毛伊岛——卡阿纳帕利之外

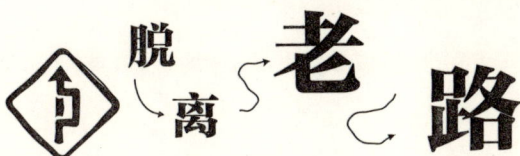

脱离 老 路

悬崖跳水

当你双脚朝下，挥动手臂，从三十英尺高的悬崖跳进太平洋中时，会有这样的体验。掉落的过程非常刺激，你会在掉下去的过程中尖叫起来。水拍打你的脚会疼片刻，然后冰冷而咸的海水会直冲你的鼻孔。水面之下是黑暗的，因为你闭着眼。四周寂静无声，有的只是海水灌满临时真空区的水流声。一切都很冷，除了大海为你所储存的那个空气口袋。回到水面之上的过程比你想象中要久，你会有那么一刻感觉自己在另一个星球上，或是不在任何地方。你回到水面之上，水从你的鼻子、眼睛里流出来，你又重新成了这个庞大世界里一个小小的生灵。

扎　克

　　回到酒店，奥利用房间的座机打电话给他的朋友扎克。半小时之后，他就到了我们的门前。

　　扎克有着深棕色的肌肤，粗粗的脏辫子，笑的时候嘴咧得好大，他的脸简直要装不下了。他立刻开始弹奏"空气吉他"，唱一首我没听过的歌。奥利也咧嘴笑了。扎克边"弹奏"，边夸张地摇晃脑袋，他的头发和着"音乐"打着节拍。

　　"扎克！"奥利说着跟他拥抱。他们大声拍打着彼此的背。

　　"我现在叫扎卡莱亚。"

　　"什么时候改的？"奥利说。

　　"我决定当摇滚天神的时候改的。这名字跟——"

　　"《圣经》里的救世主。"我听懂了他的玩笑，插嘴道。

　　"没错！你的女朋友比你聪明。"我脸红了，我看了一眼，发现奥利也在脸红。

　　"挺可爱的。"扎克说着，还边大笑边弹"空气吉他"。他的笑让我想起卡拉的笑——毫不害羞，有些太过大声，充满欢乐。那一刻，我绝望地想念着她。

奥利转身看我："玛蒂，这是扎克。"

"扎卡莱亚。"

"老兄，我才不那么叫你。扎克，这是玛蒂。"

扎克拉起我的手，轻快地吻了一下："太高兴认识你了，玛蒂。你的事我听了好多，不过我都不知道你是不是真的。"

"没关系的。"我说着，看了看我手上被他吻过的地方，"有些日子，我确实不是真的。"

他又一次大声笑，我也跟着他笑起来。

"太好了。"奥利说，"咱们接着进行下一步吧。写着玛蒂名字的夏威夷米饭式汉堡已经备好了。"

夏威夷米饭式汉堡就是一堆米饭，上面摆一个汉堡肉饼，再浇上肉汁，最后放上两个煎鸡蛋。扎克带我们去了一家混合餐厅吃迟来的午饭。我们坐在外面的餐桌旁，大海离我们只有几百英尺远。

"这地方太棒了。"扎克说，"当地人就在这儿吃。"

"你告诉你父母了吗？"奥利边吃边问他。

"你是说摇滚明星的事还是同性恋的事？"

"两者都有。"

"没说。"

"你说了会感觉好一些的。"

"当然，但难度太高了。"

扎克看看我，说："我父母只相信三件事：家庭、教育，还有努力工作。他们眼里的'家庭'就是一个男人、一个女人、两个孩子、一条狗。'教育'是四年的大学，'努力工作'是说不能搞艺术，也不能做摇滚明星梦。"

他再看看奥利，此刻他的棕色眼睛比以往都要严肃。"我该怎么告诉他们，他们的大儿子想当非裔佛莱迪·摩克瑞[1]？"

"他们肯定怀疑啊。"我说，"至少摇滚明星那部分，你的头发都染成四种不同的红色了。"

"他们以为这是一时兴起，会过去的。"

"也许你可以给他们写首歌。"

他的笑声震耳欲聋。"我喜欢你。"他说。

"我也喜欢你。"我回应道，"你可以管这首歌叫'有其父还真不一定有其子'。"

"我怀疑我跟他们都不是一个物种的。"扎克大笑着说。

"你们真幽默。"奥利说。他几乎也在微笑，但他明显心里有事。

"哥们儿，把你的手机借我用一下。"他跟扎克说。

扎克把手机递过去，奥利立刻开始打字。"你怎么样啊？你爸爸还是那么浑球？"扎克问。

"你还以为这点能有所改变？"他都没有抬头。

"我猜也是。"扎克答道，从他的语气中都能听出他想耸肩。他对奥利的家庭了解多少？他爸可不只是个浑球。

---

[1] 佛莱迪·摩克瑞（Freddie Mercury, 1946-1991），英国音乐家，皇后乐队的主唱，被称为"英国的第一位亚裔摇滚巨星"。

"你呢，玛德琳？你父母有什么问题吗？"

"我家只有我跟我妈妈。"

"那她也该有什么问题吧？"

妈妈，妈妈。我都差点忘记考虑她了，她肯定担心死了。

"呃，我觉得每个人肯定多多少少都有问题，不是吗？不过我妈妈很聪明、很强大，她总是优先考虑我。"

我知道我的话吓到了他们，因为他们都沉默了。

奥利抬起头来。"你得告诉她你没事，玛蒂。"他把手机递给我，离开去洗手间了。

发件人：玛德琳·古·淮提尔

收件人：genericuser033@gmail.com

主题：（无主题）

你跟我女儿在一起吗？她还好吗？

发件人：玛德琳·古·淮提尔

收件人：genericuser033@gamail.com

主题：（无主题）

我知道她跟你在一起。你不明白她的病有多重，带她回家。

发件人：玛德琳·古·淮提尔

收件人：genericuser033@gmail.com

主题：（无主题）

拜托，告诉我你们在哪儿。她随时都有可能严重发病。

发件人：玛德琳·古·淮提尔

收件人：genericuser033@gmail.com

主题：（无主题）

我知道你们在哪儿了，我会搭下一个航班过去。我明天一早就到。
请保证她的安全。

我停下来，把手机抱在胸前，闭上双眼。我又愧疚又恨，还很慌张。
看到她担心、受伤，让我想回她身边去，向她保证我没事。这一部分
的我想要让她保护我，让我安全。

但我心里还有一部分，崭新的我，还没准备好放弃我才开始认识
的这个世界。我讨厌她登录了我的私人邮箱。我讨厌奥利和我的时间
甚至变得更短了。

我一定是闭眼太久了，因为扎克忍不住问我还好吗。

我睁开眼，喝了一口菠萝汁，含着吸管点头。

"不是，说真的，你还好吗？奥利告诉我——"

"他告诉你我有病。"

"对。"

"我没事。"我说，这才意识到我真的没事。我感觉还行，比还行还要好。我再低头看看手机，我需要说什么。

✉ ✉ ✉ ✉ ✉ ✉

发件人：genericuser033

收件人：玛德琳·古·淮提尔

主题：（无主题）

请不要担心，妈妈。请不要过来，我真的没事，这也是我的人生。我爱你。我们很快就能再见面了。再见。

我点了发送，然后把手机还给扎克。他把手机放进了口袋里，盯着我看。"所以，你真的在网上买了什么药？"他问道。

我还没从我妈妈的邮件里缓过劲儿来，担心奥利和我没有足够的时间独处，我还没准备好听他戳穿我的谎言。我做了撒谎时最不该做的事，我直视了他的眼睛。我开始摆弄手指，脸也红了起来。

我张嘴想解释，可说不出什么借口。

我们目光相遇时，他就已经猜到了真相。

"你要告诉他吗？"我问。

"不。我只是自己撒谎太久了。我知道这种感觉。"

我松了口气。

"谢谢你。"我说。

他只是点点头。

"你要是告诉你父母，会发生什么？"我问道。

他立刻作答："他们会逼我选择，但我不会选择他们的。所以，这样算是双赢吧。"

他靠在椅背上，漫不经心地拨动着"空气吉他弦"。"抱歉，滚石乐队。不过我的首张专辑要叫《摇滚与困难处境之间》，你觉得怎么样？"

我大笑起来："太逊了。"

他又严肃起来："也许长大就意味着让我们爱的人失望吧。"这不是个问题，更何况，我也没有答案。

我扭头，看到奥利在往我们这边走。

"还好吗？"奥利问着，在我的额头上印下一个吻，然后又吻了我的鼻子，接着是我的唇。

我决定不跟他提我妈妈要来的事，我们只需要尽情享受我们仍然拥有的时光。"我从没感觉这么好过。"我说。我很感激，至少在这点上我不需要撒谎。

墨菲床

我们回到酒店时，已经临近傍晚。奥利打开了所有灯，还有吊扇，然后一头扎在床上。

他先躺在一边，接着又换了另一边。"这边是我的。"他说，他说的是左边，离门更近一些，"我喜欢睡左边。以后你就知道了。"他坐起来，用手掌按着床垫，"你知道我之前说过，墨菲床是舒适度的巅峰吧？我要收回那句话。"

"你紧张吗？"我脱口而出。我打开了床右边的台灯。

"不。"他回答得有些快了。他翻了个身，从床上滚到了地上，但躺在那儿没动。

我在我那边坐下，试着上下晃了晃，床垫被晃得吱呀响。"你自己一个人睡，哪儿来的左边？"我问。我在床上躺了下来，他说得没错，这床真是非常不舒服。

"也许是期待吧。"他说。

"期待什么？"

他没有作答，于是我翻过身去，低头看他。他平躺在地上，用一只手臂遮住眼睛。

"有人陪啊。"他说。

我把头收了回来，红了脸。"你真是浪漫得没救了。"我说。

"是啊，是啊。"

我们陷入了沉默。我们头顶的吊扇在轻柔地转动，让房间里流动着温暖的空气。我透过门听到电梯的响声，还有路过的人低声说话的声音。

几天前，在外面度过一天对我来说似乎就已经够了，可现在我过了一天，我想要更多。我都不知道永远够不够。

"是的。"过了一会儿，奥利说，"我紧张。"

"为什么？"

他深吸一口气，我没听到他呼气。"我从没对其他任何人有过这种感觉。"他说话的声音并不小。实际上，他说得很大声，而且非常快，好像这些话已经憋了很久，只是在这一刻涌出来了。

我用手肘撑起上半身半坐着，然后又躺下，接着又坐了起来。我们在讲爱吗？"我也从没有过这样的感觉。"我小声说。

"但你不一样。"他的声音中有种焦虑。

"为什么？怎么不一样？"

"对你来说，所有事情都是第一次，玛蒂，但对我来说不是。"

我不明白。第一次不代表感觉就不真实，对吧？就连宇宙也还处于初始阶段啊。

他不说话。我越思考他的话，就越觉得失落。但我又突然意识到，他不是在小瞧或是贬低我的感觉。他只是害怕，因为我的选择很少，我会不会是因为没有选择，才选择了他呢？

他吸了一口气："理智地想，我知道我以前也恋爱过，但这感觉不一样。爱上你比第一次恋爱要好，感觉像第一次、最后一次、唯一一次。"

"奥利，"我说，"我向你保证，我了解自己的内心。这对我来说是仅有的几件不算新鲜的事之一。"

他回到床上，一只胳膊伸到床外。我蜷曲着靠在他身边，头靠在他的脖子和肩膀之间——专门为我而生的那个地方。

"我爱你，玛蒂。"

"我爱你，奥利。我还没认识你的时候就爱上了你。"

我们彼此依偎着睡着了，两人都没有说话，噪声都留给世界去制造，就这一会儿，因为其他的话语此刻都已不再重要。

所有话语

　　我倦怠地慢慢醒来，直到我意识到我们做了什么。我一看表，我们睡了一个多小时。我们都没什么时间了，居然还浪费时间来睡觉。我又看了一次表。十分钟淋浴时间，再有十分钟找到沙滩上的完美位置，看着我们在一起的第一天结束。

　　我摇醒了奥利，冲去穿衣服。我在浴室里套上了我的均码裙子。这裙子确实是谁都能穿的均码号，因为裙摆是打开的，而上衣部分有松紧，几乎适合所有人。我放弃了发带，让头发散开来，它卷卷地、蓬蓬地落在我的肩上、背上。镜子里我的皮肤是暖棕色，我的眼睛闪亮亮。

　　我简直就是健康的代言人。

　　奥利坐在阳台最上面的栏杆上。他的位置看起来很危险，即使他双手都抓着栏杆。我必须提醒自己，他对身体的掌控能力很强。

　　他看到我，脸上露出了微笑，但又不光是微笑。他是奥利，可又不是奥利，他的眼睛犀利地跟随着我的脚步。我能感觉到我身体中每一根神经里通过的闪电。他怎么能用一个眼神就让我这样呢？对他来说，我的眼神也是同样吗？我在推拉玻璃门前停下来，打量着他。他穿着黑色紧身短袖、黑色短裤、黑色凉鞋。死亡天使放假了。

"过来。"他说，我走进了他的腿摆成的 V 字里。他僵住了，栏杆上的手也抓得更紧了。我闻着他身上新鲜的气息，抬头看。他的双眼就像一汪清澈的夏日蓝色湖泊，我一眼望不到底。我将我的唇与他的唇相贴。他从栏杆上跳了下来，把我推到一张桌旁。我还没来得及反应，就贴在了他身上，他边吻我，边发出低低的呻吟。我接纳了他，我们一直吻下去，直到我无法呼吸，直到我再一次吸到的空气是他的气息。我的双手搭在他肩上，然后在他的颈后、他的头发里。我的手不知道该在哪里停留。我像是被电击了，我想要一切，一切都同时想要。他结束了我们的吻，我们就站在那儿，呼吸短促，额头和鼻尖还碰在一起，他的手在我的胯上抓得有些紧，我的手则平摊在他的胸前。

"玛蒂。"他的眼睛在问一个问题，我回答了"是"，因为我永远都会说是的。

"那日落呢？"他问。

我摇摇头："明天还会有日落的。"

他明显松了口气，我忍不住微笑起来。他推着我离开阳台，直到我的腿碰到了床边。

我坐了下来，然后我又立刻站了起来。从黑石悬崖上跳下来比这要容易。

"玛蒂，我们不是一定要的。"

"对啊，但我想，这是我想要的。"

他点点头，然后紧闭双眼，像是突然记起了。"我得去买——"

我摇摇头，说："我有。"

"你有什么？"他问，他没听懂我的话。

"安全套啊，奥利，我有。"

"你有。"

"对啊。"我说，我全身羞红了。

"什么时候？"

"在纪念品商店，花了十四块九毛九，那地方什么都有。"

他看我的样子，像是看到了什么小奇迹，但接着他的微笑变得更加灿烂。然后我就躺在了床上，他在拉我的裙子。

"脱掉。"他说。

我起来，跪在床上，把裙子从头上拽下来，我在温暖的空气中打了个战。

"你这也有雀斑。"他说着，用手摩挲着我胸口偏上的地方。我低头看看，我们一起笑了。

他的手搭在我裸露的腰上："你就像所有美好的事物，包裹成了一件大大的美好。"

"嗯，你也一样。"我一时间语塞了。我脑海中所有的词汇，都变成了同一个词——奥利。

他脱掉了短袖，我的身体接管了大脑的职责。我的指尖划过他胸前光滑强壮的肌肉，钻进他肌肉之间的沟壑里。我的唇跟随同样的路径，品尝、抚摸。他躺下来，一动不动，让我去探索，我一路吻到他的脚趾，然后再回来。想咬他的冲动无法抗拒，于是我退让了。这一咬激到了他，他开始掌控话语权。我身体上没有被他触碰的地方都在灼烧，被他碰到的地方也在灼烧。

我们将彼此拥入怀中。唇、臂、腿，甚至整个身体都纠缠在一起。他在我的上方，我们都沉默着，然后我们就融为了一体，一同在寂静中移动。我们的交合中，我破解了宇宙间所有的秘密。

玛德琳的字典

无穷（wú qióng），形容词

不知道一个人的身体与另一个人的身体界线的状态：

我们的欢欣是无穷的。

[2015，淮提尔]

可观察的世界

　　根据大爆炸理论，宇宙是在一瞬间形成的——一次宇宙大爆炸让黑洞、褐矮星、物质和反物质、能量和暗能量诞生。就这样，星系、恒星、卫星、行星、海洋出现了。这一概念很难消化——在我们存在之前，就有时间。时间之前的时间。

　　一开始，什么都没有。然后，一切都同时出现了。

这一次

奥利在微笑，他在不停地微笑，他为我展示了微笑的所有形式。我忍不住去吻他微笑的唇，我们的吻从一个变成了十个，直到被奥利咕咕叫的肚子打断了。

我结束了吻："我想咱们得吃点东西了。"

"除你之外的东西吗？"他吻着我的下唇，轻轻咬了一口，"你很美味，但不能吃。"

我坐起来，把被子拉到胸前。即使有了之前亲密的接触，我也还没有准备好再次露出身体。奥利跟我不同，他可一点也不害羞。他一个动作就下了床，光着身子在房间里走。我靠在床头上，看着他走动，优雅而轻盈。他终于不是黑暗的死亡天使了。

一切都变得不同，可又似乎什么也没变。我还是玛蒂，奥利还是奥利。但我们似乎都变得比从前更多了。我在某种新的领域了解了他，我感觉他也了解了我。

饭店坐落在沙滩上，我们的桌子面向大海。已经很晚了——晚上九点——所以我们看不清大海的蓝色，只能看到白色的浪花打在海岸上。我们听到浪花的声音，比音乐声和周围的聊天声要低一些。

"你觉得他们的菜单上会有胡姆胡姆努库努库阿普阿阿鱼吗？"奥利打趣说。他开玩笑说，他想把我们潜泳时看到的所有鱼都吃掉。

"我猜他们不会让人吃州鱼吧。"我说。

我们两人今天累了一天，都快饿死了，于是我们点了菜单上所有的开胃菜：泼奇（腌在酱油中的金枪鱼）、蟹肉饼、椰子虾、龙虾锅贴，还有卡鲁瓦烤猪。我们整顿饭的时间都忍不住触碰对方。我们一边吃饭、喝菠萝汁，一边找到机会接触。

他摸了我的脖子、我的脸颊、我的唇，我摸了他的手指、前臂、胸膛。我们有过如此亲密的接触之后，就无法停下来。

我们挪动了椅子，好坐在彼此身旁。他把我的手拉到大腿上，不然就是我握着他的手。我们无缘无故地对视、大笑。或者说，并不是无缘无故，只是因为世界似乎无比美好。我们相遇、相爱、在一起，是我们谁也无法预想到的。

奥利又给我们点了一份龙虾锅贴。"你让我饥饿难耐。"他呢喃道，眉毛动个不停。他摸了摸我的脸颊，我又红了脸。这一盘我们吃得慢了些。这是我们的最后一道菜了。也许我们可以坐在这儿，就不用理会时间的流逝，这过于完美的一天也就不需要结束了。

我们离开时，服务生说让我们再次光临，奥利答应她我们会的。

我们离开灯光闪耀的饭店，来到黑漆漆的海滩上。头顶的云朵挡住了月亮。我们脱掉凉鞋，走到了水边，把脚趾扎进凉爽的沙子里。

夜晚的海浪比白天的要大，声音也更响亮。我们接着往前走，看到的人越来越少，直到感觉像是我们离开了人类文明。奥利拉着我走到干沙地上，我们找到位置坐了下来。

他拉着我的手在我的手掌上印下一个吻。"我爸爸第一次打她之后，向我们道歉了。"他一口气说完了整句话。我隔了一秒钟，才意识到他在说什么。

"他当时还在哭。"

夜太黑了，我看不到他，只是感觉到他在摇头。

"他们让我们俩一起坐下来，他说他很抱歉。他说再也不会有下次了。我记得凯拉特别生气，气到不愿意看他。她知道他在撒谎，可我信了他，我妈妈也信了他。妈妈告诉我们，忘掉这件事。她说'你爸经历了很多'。她说她原谅了他，我们也就应该原谅。"

他松开了我的手。"之后一年的时间，他没有再打她。他酗酒，吼她，吼我们所有人，但他很长时间里都没有再动手。"

我屏住呼吸，片刻之后才提出我一直等着问的问题："她为什么不离开他？"

他用鼻子哼了一声，语气变得冰冷。"别以为我没问过她这个问题。"他躺倒在沙地里，双手交叉在脑后，"我觉得他动手要是频繁些，她就会离开的。他要是再混账一些，也许我们就终于能走了。可他总是会道歉，她总是会相信他。"

我把手放在他的腹部，我需要与他接触。我想他也需要，可他坐了起来，收起双腿，把手肘搭在腿上。他的身体缩成一个我无法进入的牢笼。

"你问她的时候，她怎么说？"

"她什么也不说，她现在已经不谈这事了。她以前总说我们长大了，自己也恋爱了，就会理解的。"

我被他声音中的怒气惊到了。我从没想过他会生他妈妈的气，我知道他会生他爸爸的气，但没想过还有她。

他又哼了一次："她说爱让人疯狂。"

"你相信吗？"

"嗯，不，也许。"

"你不应该把所有答案一起用上。"我说。

黑暗中，他也微笑了："是啊。我相信。"

"为什么？"

"我跟你一路跑到了夏威夷。对我来说，丢下她们去面对他不是件容易的事。"

我赶在愧疚升起之前把它浇灭。

"你相信吗？"他问道。

"相信，绝对的。"

"为什么？"

"因为我跟你一路跑到了夏威夷啊。"我重复着他的话，"要不是你，我绝不会离开我家的。"

"那么，"他说着，伸开腿，拉起我的手，"我们现在做什么？"

我不知道该如何回答这个问题。我只清楚一件事——在这里，跟奥利在一起，爱他、被他爱，这就是一切。

"你应该离开他们。"我说，"你在家里不安全。"我说这话，是因为他不知道，他被困在爱和美好的时光中，与他妈妈一样，而那些是不够的。

我把头靠在他的肩上，我们一起看着几乎全黑的大海。我们看着水退回去，然后翻滚，打在沙滩上，试图将海岸冲走。即使它没有成功，却也重整旗鼓，一遍又一遍地拍打海岸，仿佛没有最后一次，只有这一次，而这一次，就是最重要的。

螺　旋

我梦见我离家出走了，我找不到尽头。我梦见我离家出走了，看我心爱的……我梦见我看到了大海，大海一望无际，我看见那个爱我的男孩一起。我梦见我在一个宽阔的房间里睡着了。……我梦见我在一个……大海一望无际，……我看见那个爱我的男孩一起……大海一望无际，……

结 局

有人把我放进了滚烫的烤炉，然后关上了烤炉门。

有人用煤油将我浇透，然后点燃了火柴。

我慢慢醒来，浑身都在灼烧，被火焰所包围。床单冷而湿，我被冷汗浸没。

我这是怎么了？我反应了一会儿，才意识到出问题的事不止一件。

我在打战，却不仅仅是打战，我抖个不停，头也很疼。我的大脑像是在被钳子挤压。疼痛感辐射出来，传遍了我眼球之外的所有神经。

我的身体就像一块儿新形成的瘀青，连皮肤都在疼。

一开始我觉得我肯定是在做梦，但我的梦从没有如此混乱过。我试着坐起来，把被子拉紧一些，但我做不到。奥利还在睡着，他压住了被子。

我又试着坐起来，但疼痛钻进了我的骨髓。

夹住我大脑的那个钳子越来越紧，而且像一把碎冰锥一样，开始毫不顾忌地凿着我柔软的肌肤。

我想喊，但我的嗓子也生疼，仿佛我连续喊了好多好多天。我病了。

我不只是病了，我是要死了。

噢，天啊，奥利，他会伤心死的。

我想到这里，他突然醒了。

"玛蒂？"他在黑暗中问道。

他打开一盏床头灯，我的眼睛被照得难受。我紧闭双眼，想转头离开灯光。我不想他看到我这个样子，但已经太晚了。我看到他脸上的表情从困惑到认知再到难以置信，接着变成了恐惧。

"抱歉。"我说，或者是想说，我觉得这话我根本没能说出口。他摸摸我的脸、我的脖子、我的额头。

"上帝啊。"他说，一遍又一遍，"上帝。"

他拉起被子，我冷得超出了我想象的极限。

"上帝啊，玛蒂，你烧得好厉害。"

"冷。"我声音沙哑地说出来，他看起来似乎更害怕了。

他给我盖上被子，抱住我的头，吻了吻我湿漉漉的眉毛、嘴唇。

"你没事，"他说，"你会没事的。"

我有事，但他说我没事是好意。我的身体疼到痉挛，我的嗓子眼儿因为肿胀而要闭合了。我呼吸不到足够的空气。

"我需要救护车。"我听到他说。

我扭过头去。他什么时候跑到房间那一边了？我们在哪儿？他在打电话。

他在跟谁说话：有人病了！有人病了！有生命危险！紧急！药失

效了!

他在说我。

他在哭。别哭，凯拉会没事的，你妈妈也会没事的，你会没事的。我在心里说。

床陷了下去，我在流沙之中。有人想把我拽出来，他的手很烫，它们为什么这么烫?

有什么东西在他的另一只手中发着光。他的手机。他在说什么，但我听不清他的话。他在说什么事情。妈妈。你妈妈⋯⋯

没错，妈妈，我需要妈妈，她已经在路上了。我希望她离得不远。

我闭上眼睛，捏了捏他的手指。

我没时间了。

我的

心跳

停了

然后又出现了

出院 第一部分

毛伊岛纪念医院出院登记表 （版本，12-1-10）

医疗记录编号 #: 病人姓名：玛德琳·淮堤尔 地点：毛伊岛纪念医院
入院日期： 出院日期： 医生：梅丽莎·弗朗西斯

基本信息	年龄：18岁　　出生日期：1997年5月2日　性别：☐男 ☒女 种族：　☐白人　☐黑人/非裔　☐亚裔　☐拉美裔 　　　　☐美洲土著 ☒混血　☐其他　☐未知
心脏诊断	☐胸口痛，排除心肌梗死　☐确认急性心梗　☐心脏心力衰竭，肺部水肿　☐冠状动脉疾病 ☐不稳定心绞痛　☐晕厥　☐脑血管疾病　☐周围血管病变 ☒其他
治疗手段	☐无　☐心脏导管检查　☐PTCA　☐药物支架PTCA　☐PCI ☒心回声图　☐RVG　☐ETT ☐核ETT　☐冠状动脉旁路联合手术　☐心脏瓣膜置换　☐MUGA ☐试验性心脏回声　☐其他
病人病史	☐心肌梗死　☐心绞痛　☐心脏衰竭　☐高血压　☐糖尿病 ☐肾衰竭　☐吸烟（过去一年内）　☐没有规律锻炼（＜30分钟，每周三次） ☐周围血管病变　☐中风　☐慢性阻塞性肺病　☐心房颤动 ☒未知　☐其他
出院状况	☐ 01 - 出院回家　　　　　　　　☒07 - 不顾医生意见，强行出院 ☐ 02 - 转院　　　　　　　　　　☐10 - 转入慢性病或复健医院 ☐ 03 - 转入专业护理机构　　　　☐11 - 转入精神疾病专业机构 ☐ 04 - 转入中期医疗机构　　　　☐12 - 转入其他机构 ☐ 06 - 家庭护理机构接手　　　　☐20 - 过期

复 苏

　　我记不大清楚了，只记得模糊混乱的画面：救护车。腿上被扎了一下，然后两下。肾上腺素重启了我的心脏。忽远忽近的鸣笛声。电视机在房间一角高高挂起，闪着蓝色、白色。机器发出嘀嘀声，整日整夜闪个不停。穿着白色制服的男男女女。听诊器、针头、消毒剂。

　　然后是飞机燃料的气味儿，曾经迎接过我的气味儿，还有花环，粗糙的毯子把我裹了两层，遮光板拉下来，窗边的座位还有意义吗？

　　我记得妈妈的脸，她的泪水流成了海。

　　我记得奥利的蓝眼睛黯淡下来，成了黑色。我闭上眼睛，忘掉了我在他眼里看到的所有哀愁、欣慰、爱。

　　我在回家路上了，我会永远被困在那儿。我活着，可我不想活着。

重新入院

妈妈把我的卧室改造成了一间病房。我躺在床上，靠着一堆枕头，插着输液管。我被监测仪器包围着，只能吃流食。

每次我醒来，她都在我身边。她摸摸我的额头，跟我说话。每次我想认真听，想理解她在说什么，却总觉得她的声音很模糊。

又有一次，我醒来时（过了几小时？几天？），看见她站在我的床边，正盯着她的写字板皱眉头。

我闭上眼睛，感受着我的身体。我没有感到疼痛，或者更准确地说，没有太疼的地方。我在心里排查了一遍，头、嗓子、双腿都没事。我再次睁开眼，看到她又要给我打镇静剂。

"不！"

我猛地坐了起来。我晕乎乎的，还有些恶心。我想说"我没事"，但"不"先冲了出来。

我清清嗓子，又开了口。

"请别让我再睡了。"我既然能活下去，那我至少该醒着。

"我没事吧？"

"你没事，你会没事的。"她说。

她的声音发颤，说到最后，变得嘶哑。

我坐直了，看着她。她脸上的皮肤苍白到几乎透明，像是绷得太紧了。她的发际线与眼皮之间有一条明显的蓝色血管，看起来很痛。我还能看到她的前臂和手腕上也有蓝色血管，在薄薄的皮肤之下。她眼里的神色充满恐惧和不确定性，像是一个人看到了可怕的事，却还在等待更可怕的事发生。

"你怎么能这样对自己不负责？你可能会死啊！"她轻声说。

她走近一些，把写字板抱在胸前："你怎么能这样对我？我为你做了那么多。"

我想说些什么，但张开嘴，却说不出话来。

我的愧疚就像大海，淹没了我。

她走之后我还是躺在床上。我没有起来伸展身体，我扭过脸，不看窗户。我有什么后悔的？后悔我一开始跑出去了吗？后悔我看到并爱上了世界吗？后悔我爱上了奥利吗？我现在了解了我错过的一切，怎么还能再回到泡泡中生活呢？

我闭上眼，想睡觉。可是我之前看到的我妈妈的脸，还有她眼里绝望的爱意，纠缠着我。这时我判定，爱是种很坏、很坏的东西。像我妈妈爱我一样，那样强烈地爱一个人，就像把心脏暴露在外，没有皮肤的保护，没有骨骼，没有任何防护。

爱是个糟糕的东西，失去爱甚至更加糟糕。

爱是个糟糕的东西，而我想离它远远的。

出院 第二部分

周三，6：56 PM

奥利：天啊，你去哪儿了？

奥利：你还好吗？

玛德琳：还好。

奥利：你妈妈怎么说？

奥利：你会没事吧？

玛德琳：我没事，奥利。

奥利：我想去探望你，但你妈妈不让。

玛德琳：她在保护我。

奥利：我知道。

玛德琳：感谢你救了我的命。

玛德琳：我很抱歉把你卷进了这一切。

奥利：你不需要感谢我。

玛德琳：还是感谢你。

奥利：你确定你没事吗？

玛德琳：请别再问我有没有事了。

奥利：对不起。

玛德琳：别道歉。

之后，9：33 PM

奥利：又能跟你聊天了，真好。

奥利：你打手势打得真差劲。

奥利：说话啊！

奥利：我知道你很失望，玛蒂，但至少你还活着。

奥利：等你好了我们一起跟你妈妈谈。也许我能探望你。

奥利：我知道这不算什么，玛蒂，但总比什么都没有强。

之后，12：05 AM

玛德琳：并不比什么都没强，这比什么都没有还要糟糕。

奥利：什么？

玛德琳：你觉得我们还能回到从前那样吗？

玛德琳：你想像从前那样全身消毒，然后见面一小会儿，不能触碰、不能接吻、不能有未来吗？

玛德琳：你想说这样就足够了吗？

奥利：总比什么都没有强。

玛德琳：不，不是的。别再这么说了。

之后，2：33 AM

奥利：那药呢？

玛德琳：药怎么了？

奥利：只管用了几天。也许最终能研发好的。

奥利：玛蒂？

玛德琳：没有什么药。

奥利：什么意思？

玛德琳：根本没有药。我跟你这么说，只是为了让你跟我走。

奥利：你对我撒谎了？

奥利：但你可能会死掉，那就是我的错了。

玛德琳：你不用对我负责。

之后，3：24 AM

玛德琳：我想要一切，奥利。我想要你，想要整个大千世界。我想要一切。

玛德琳：我做不到了。

奥利：做不到什么？

玛德琳：我们不能再聊天，不能再发邮件。我受不了。我不能再回到起点。我妈妈说得对，从前的生活更好。

奥利：对谁来说更好？

奥利：别这样，玛蒂。

250

奥利：我的生活有了你才更好。

玛德琳：但我的不是。

〈玛德琳已下线〉

人生苦短™

玛德琳的剧透书评

《看不见的人》，拉尔夫·艾里森

关键情节透露：没人能看到你，你就不存在。

地　理

　　我在一片红色罂粟丛中。罂粟长在一棵棵绿色花茎上，到腰部高，花红得鲜艳，几乎像是在滴血。我看到奥利从远处走来，然后是两个奥利、好多个奥利齐步向我走来。他们都戴着防毒面具，手里拿着手铐，穿着黑色靴子的脚踩倒了罂粟花。他们沉默而坚定。

　　这个梦一直纠缠着我。我一整天都醒着，却在做梦，我在尝试不去想奥利。我不想想起第一次见到他的场景，那时候他好像来自另一个星球。我不想想圆环蛋糕、倒立、吻、丝滑的沙子。不想想第三次、第四次接吻与初吻同样美妙。我不想想与他交融、一同运动的感觉。我不想想他，因为我要是想了，我就会想到，仅仅几天前，我还与他、与世界紧密联系。

　　我会想起我曾经怀有的那些希望，想起我耍了自己，骗自己相信我是个奇迹。我会想起我想要的世界并不想要我。

　　我必须放开奥利，我已经汲取教训了。爱能杀掉你，在活着和去外面的世界生活而失去生命之间，我还是选择活着。

　　我曾告诉奥利，我了解自己的心，这是我最了解的东西，这句话是真的。我了解我心里的角落，但它们的名字都变了。

绝望地图

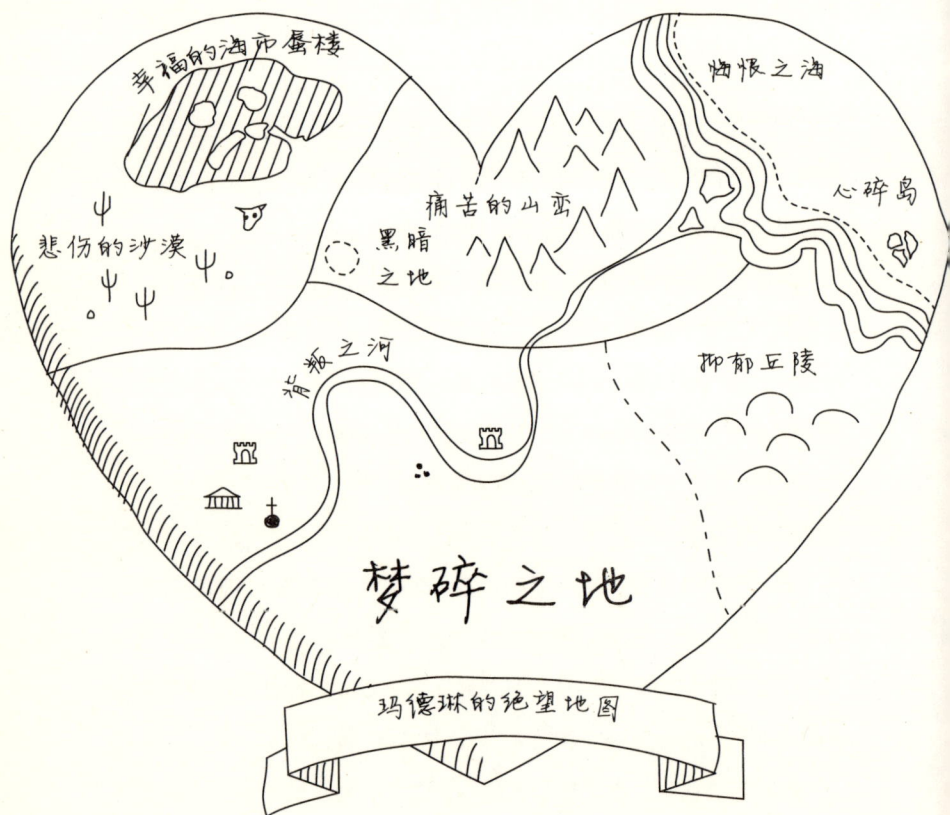

幸福的海市蜃楼

悲伤的沙漠

痛苦的山峦

黑暗之地

背叛之河

怏恨之海

心碎岛

抑郁丘陵

梦碎之地

玛德琳的绝望地图

人生苦短^{TM}

玛德琳的剧透书评

《局外人》，阿尔贝·加缪

《等待戈多》，塞缪尔·贝克特

《恶心》，让－保罗·萨特

关键情节透露：一切都是虚无。

全选，删除

Email

第1-25封，共2814封 ◄ ► ⚙

写邮件	☑ genericuser033	五行打油诗 #1	6: 14 AM

收件箱（4）
发件箱
草稿箱
垃圾邮件
更多 ▼

☑ genericuser033	拜托了玛蒂	6: 05 AM
☑ genericuser033	我就自言自语好了	5: 59 AM
☑ genericuser033	我不会放弃的	5: 50 AM
☑ genericuser033	等你决定出现时看	5: 41 AM
☑ genericuser033	保存	5: 32 AM
☑ genericuser033	移动	5: 22 AM
☑ genericuser033	删除	
☑ genericuser033	我妈又开始做饭了（附独家照片）	5: 19 AM
☑ genericuser033	玛蒂的意义　第四部分	5: 08 AM
☑ genericuser033	悲哀的情况报告	5: 01 AM
☑ genericuser033	又是我	

256

假　装

　　日子一天天过去，我渐渐恢复了体力。我身上哪儿都不疼了，疼的只有心，但我尽力不去用这个部位。我一直拉着遮光帘。我读书，存在主义、虚无主义之类的。我没有耐心去看那些假装人生有意义的书，我没有耐心去看幸福美满的结局。

　　我不想奥利。他给我发邮件，我就不点开，直接删掉。

　　两周过后，我恢复得差不多了，可以重新开始上课了。又两周过去了，我的课程全部都恢复正常了。

　　我不想奥利，我接着删掉他的邮件。

　　我妈妈想把我收拾好，她片刻不离我，总是在担忧、监视。我现在身体好了些，她又哄我重新开始晚上的两人活动。她跟奥利一样，想回到从前。我不享受我们一起度过的夜晚了——我什么都不享受——不过我还是为她去做。她甚至更瘦了。我为此担心，却不知道该如何改变她，于是我就假装开心地跟她玩发音拼字游戏和两人画图猜谜游戏，还有看电影。

奥利的邮件停止了。

"我请卡拉回来工作了。"一天晚上，吃完晚饭时，妈妈告诉我。

"我还以为你不信任她了呢。"

"但我信任你。你已经吸取教训了，虽然是以犯错的方式。有些事你必须亲身经历。"

重　聚

　　第二天，卡拉风风火火地来了。她比往常更加风风火火，而且她还假装根本没过那么久的时间。

　　她立刻拥抱了我。"真对不起，"她说，"这都是我的错。"

　　我在她怀里僵直地站着，我不想软下来。我要是哭起来，一切就都会成真。我真的就会一直过着这样的生活，我真的就永远不能再见奥利了。

　　我想忍，但我忍不住。她就像哭的时候靠的枕头那样软。我一开始，就止不住地哭了一小时。她身上都湿透了，我也哭干了眼泪。一个人的泪水能哭干吗？我真想知道。

　　我又哭了起来，这回答了我刚刚的问题。

　　"你妈妈怎么样？"我终于停下来时，她问我。

　　"她不恨我。"

　　"妈妈们不知道如何恨自己的孩子，她们太爱孩子了。"

　　"但她应该恨我，我是个糟糕的女儿，我做了很糟糕的事。"

眼泪接着滴出来，但是卡拉用手帮我擦掉了。"你的奥利呢？"

我只是摇头回应她。我可以告诉卡拉任何事，但这件不行。我的心还是伤痕累累，我想把这份痛留下，当作纪念。我不想让它暴露。我不想让它愈合。因为如果它愈合了，我就会想再次把心用起来。

我们又恢复了从前的规律。每天都与前一天相同，与后一天也没有什么区别。"客上天然居，居然天上客。"我在做一个图书馆模型，里面有一段埃舍尔式楼梯，在空中戛然而止。我听到"外面"传来隆隆声，然后是"哗——"的一声。这一次我立刻知道了这是什么声音。

一开始我没有去窗边。但卡拉去了，给我描述她所看到的。是一辆搬家车——两兄弟搬家公司。两兄弟从车里走出来，从里面拿出手推车、空箱子，还有打包带。他们在跟奥利妈妈说话，凯拉和奥利也在。"他们爸爸不在。"她说。

我忍不住好奇，跑到了窗边，躲在窗帘另一边偷看。卡拉说得对，奥利爸爸不见人影。奥利和凯拉似乎很焦急。他们匆匆进出房子，把打包好的箱子和鼓鼓的塑料袋放在前门台上，让搬家工人搬上车。没有人在说话，我从这么远都能看到他妈妈很紧张。每几分钟，奥利都会停下来，抱抱她。她紧紧拥着他，他拍拍她的背。凯拉没有跟他们拥抱，她现在在毫无顾忌地抽烟，把烟灰直接弹在前门台上。

我不想太注意奥利，但我做不到。我的心不在乎我的大脑是怎么想的。他感到我在盯着他看。他停下手里的活儿，转过头，我们的目光相遇。这与第一次不同。第一次，那个交换中充满了可能性。即使在那时，我心里也有一部分很清楚，我会爱上他的。

这一次，交换中只有肯定。我已经知道我爱他，而且我现在知道了，我无法停下。

他抬起胳膊挥手。我放开了窗帘，转身，背靠着墙，深深呼吸。

我希望我能抹去过去几个月认识他的时间。我在我的房间里，我听到隔壁卡车的喇叭声，但我留在我的白色沙发上，在我的白色房间里读我崭新的书。我记得我的过去，我记得我不能重蹈覆辙。

观察邻居　第三部分

他爸爸的时间表

9：00 AM － 去上班。

8：30 PM － 摇摇晃晃走到门台上，进房子。已经醉了？

9：00 PM － 再次回到门台上，手里端着酒。

10：15 PM － 在蓝色椅子上昏睡过去。一会儿之后，跌跌撞撞走进房子。

他妈妈的时间表

未知。

凯拉的时间表

未知。

奥利的时间表

未知。

五个音节

　　一个月后，圣诞节刚过，他爸爸也搬走了。我从窗子里看到他搬了几个箱子进了"友好搬家车"[1]。我希望（虽然希望渺茫）他去的不是奥利、凯拉以及他们妈妈住的地方。

　　之后的很多天，我都盯着那栋房子，心想它怎么还能跟从前一样呢？没有人在里面住，它已经不是家了，怎么还能那样坚实，一副正常的房子样子呢？

发件人：genericuser033

收件人：玛德琳·古·淮提尔 <madeline.whittier@gmail.com>

主题：五行打油诗 #1

发件时间：10 月 16 日，8：07 PM

　　曾经有个女孩叫玛德琳

　　她用标枪把我的心扎凉

---

[1] 友好搬家车（U-Haul），美国的搬家公司。

我咽气前说

（话又说回来）

还有没有押韵的词，来配玛德琳？

⊠ 📧 📨 📩 💌 🗑

发件人：genericuser033

收件人：玛德琳·古·淮提尔 <madeline.whittier@gmail.com>

主题：五行打油诗 #2

发件时间：10 月 17 日，8：03 PM

曾经有个女孩住在泡泡里

我怀疑她除了麻烦还是麻烦

可我还是将心给她

但她将我的心践踏

让我只剩下一个泡泡

　　我笑啊笑，直到哭了起来。他肯定是非常失望，才会给我发五行
打油诗，而不是俳句。

　　他的其他邮件就没这么诗意了。他给我讲了他如何说服他妈妈去
寻求帮助，如何试图让凯拉停止伤害自己。他不知道是哪次对话最终
说服了他妈妈，可能是因为他说，她要是留下，他就不能再继续做这
个家的一员。有时候你必须离开你最爱的人，他说。他说也可能是他
终于告诉她我的事的时候，他给她讲了我的病有多重，我愿意付出怎
样的代价，只为了活一回。他说她觉得我很勇敢。

264

他的最后一封信是俳句

发件人：genericuser033

收件人：玛德琳·古·淮提尔 <madeline.whittier@gmail.com>

主题：俳句 #1

发件时间：10 月 31 日，9：07 PM

这五个音节

然后是七个音节

我爱你，玛蒂

此刻，此时

　　奥利的数学说，你不能预测未来。可事实是，你连过去也无法预测。时间是双向延伸的——向前、向后——此刻、此时发生的事情会影响未来，也会影响过去。

仅供我阅读

发件人：梅丽莎·弗朗西斯医生

收件人：玛德琳·古·淮提尔 <madeline.whittier@gmail.com>

主题：检测结果——仅供你阅读

发件时间：12月29日，8：03 AM

淮提尔女士：

    你可能不记得我了，我是梅丽莎·弗朗西斯医生。两个月前，你在夏威夷的毛伊岛纪念医院曾接受我的治疗，尽管只有几小时时间。

    我觉得直接跟你联系非常重要。你需要知道，我仔细研究了你的病历，我不认为你患有或者曾经得过免疫缺陷病。

    我知道这肯定会让你震惊。我在附件中附上了几项检测结果，我建议你再去征求第三方（以及第四方）意见。

    我认为你应该让除你母亲外的医生来验证我的发现。医生绝不应

267

该为自己的亲属看病。

我的医学意见是：你在夏威夷因病毒感染引发心肌炎。我认为你的免疫系统异常脆弱，依我判断，这是因为你的成长环境。

如有任何问题，欢迎联系我探讨。祝你好运。

祝好！

梅丽莎·弗朗西斯医生

保　护

　　我读了六遍那封邮件，字才组成了词，词才组成了句，我才读懂了这些句子。可即使我读懂了，所有字合起来的意思也让我费解。我接着读附件中的实验室检测结果，检测结果中的所有数据都很平均——不是很高，也不是很低。

　　这肯定是个错误，这当然不会是真的。弗朗西斯医生把别人的数据搞错了，当成我的了，肯定还有另一个玛德琳·淮提尔。她是个缺乏经验的医生，这个世界就是毫无缘故地对我残忍。

　　我相信这些都是真的，可还是有些怀疑。我把这封邮件打印出来，附件中的检测结果也打出来了。我的世界没有变成慢镜头，时间不会加快速度，或是慢下来。

　　打印出来的字与屏幕上的字并无不同，但感觉上更沉重了，更有分量了。可这些话不是真的，不可能，它们不可能是真的。

　　我花了一小时时间在谷歌上查询每一项检测，去搞明白这些都意味着什么。当然了，网络不能告诉我我的检测结果是否正确，不能告诉我我到底是不是一个普普通通、健康状况也平凡正常的少女。

我知道了，我知道这是个错误。可是，我的脚还是不听指挥地带着我走下楼梯，穿过餐厅，去了我妈妈在家里的办公室。她不在办公室，也不在休息室。我去了她的卧室，轻轻叩门，我的双手在颤抖。她没有应答。我听到流水的声音，她可能是在浴室里洗漱，准备睡觉吧。我再次大声敲了门。

"妈妈。"我边喊边转动了门把手。

她正在出浴室门，我进门的时候她刚好在关灯。

她的面庞依然憔悴，她看到我时笑逐颜开。她的颧骨突出，在她窄窄的脸上显得更加显眼。她因为我而熬出的黑眼圈现在似乎已经成了永久的。她没有化妆，头发松散地披在肩上，黑色丝绸睡衣挂在她瘦削的身体上。

"亲爱的，"她说，"你是来跟我睡的吗？"她脸上充满了希望，我只得肯定。

我往房间里走了走，边走边抖手里的纸。"这是毛伊岛那个医生发来的。"我又看了看纸上的名字，即使我已经记住了，"梅丽莎·弗朗西斯医生。你跟她见面了吗？"

我要不是这么仔细地盯着她看，我都不会注意到，她不过小小愣了一下。"我在毛伊岛见了很多医生，玛德琳。"她的声音紧绷着。

"妈妈，对不起——"

她抬起一只手，示意我停下。"怎么了，玛德琳？"

我又向前走了一步。"这封邮件，她，弗朗西斯医生，觉得我没有病。"

她盯着我看，像是我刚刚什么都没说似的。她沉默了好久，我都开始怀疑我是不是没说话。

"你说什么呢？"

"她说她觉得我并没有得免疫缺陷病，她觉得我从来就没得过。"

她在床边坐下。"哦，不。你是因为这个才来找我？"她的声音轻柔而怜悯，"她给了你空洞的希望，是吗？"

她示意我过去，坐在她身边。她从我手里拿过信，双臂环住我。"我很抱歉，可这不是真的。"她说。

我瘫软在她怀里。她说得对，我确实是怀着空洞的期待。她的臂弯好舒服，我觉得很温暖，我被保护着，我很安全。

她抚着我的头发。"我很抱歉你看到了这些，这太不负责任了。"

"没关系，"我把脸埋在她肩上说，"我就知道这是个错误，我没有相信。"

她放开我，直视着我的双眼，说："这当然是个错误。"

她眼里含着泪水，再次拥我入怀。"免疫缺陷病太罕见了，也太复杂了。亲爱的，并不是所有人都了解这种病。而且还有那么多种类型，每个人的反应都是有所不同的。"

她再次放开我，直视我的双眼，确认我在听，我听懂了。她的语速慢了下来，语调也变得充满同情——她作为医生的声音。"你自己不是也看到了吗？你一会儿好好的，然后差点就死在急救室里。免疫系统是很复杂的。"

她皱着眉头看手中的纸。"这个弗朗西斯医生不了解你的病史，她只是看到了一小部分，她没有一直跟踪你的病情。"

　　她的眉头皱得更厉害了，这个错误给她带来的困扰比我更大。

　　"妈妈，没关系的，"我说，"我没有真的相信。"

　　我觉得她没听到我讲话。"我当初必须保护你。"她说。

　　"我知道，妈妈。"我其实已经不想谈这个话题了，我回到她怀中。

　　"我必须保护你。"她把脸埋在我的头发里说。

　　是最后那句"我必须保护你"让我安静了下来。她的语气中有种不确定，我没想到，也琢磨不透。我想从她怀里出来，看她的脸，可她紧紧抱着我。

　　"妈妈。"我说着拉紧了她。

　　她放开了我，用一只手轻抚我的脸。

　　我冲她皱眉头。"这个给我好吗？"我问，我说的是她手里的纸。

　　她低头看看，似乎有些困惑，不知道它是怎么到了她手里的。"你用不到这个。"她说，但还是把纸递给我了，"想跟我睡吗？"她又问了一遍，说着还拍了拍床，"你留在我这儿的话，我能好受些。"

　　但是我不是很确定我会不会更好受一些。

玛德琳的字典

怀疑（huái yí），名词

你不相信，或是无法相信，或是不愿相信的真相：

她对她妈妈的怀疑让她整夜无眠。

她的怀疑越来越深，她觉得整个世界都在笑话她。

[2015，淮提尔]

身 份

卡拉刚刚进门，我就赶紧上前把信递给她。她读着信，每读一句，眼睛就瞪大一些。

她抓着我的胳膊："这是从哪儿来的？"

"接着读。"我说。这些表格、数值，她比我看得懂。

我看着她的脸，我想理解我的世界里到底在发生什么。我本以为她会跟我妈一样说这信毫无意义，但她的反应……不一样。

"你给你妈妈看了吗？"我点点头，没有说话。

"她怎么说？"

"她说这是个错误。"我小声说，躲避着我自己的声音。

她盯着我的脸看了好久。"我们得查清楚。"她说。

"查什么？"

"查这是不是真的啊。"

"怎么可能是真的呢？如果是真的，就意味着——"

"嘘，嘘。我们还什么都不清楚呢。"

我们什么都不清楚？我们当然清楚了。我们清楚我病了，我不能离开家，不然就会疼痛而亡。我一直都清楚这个事实，这是我的身体啊。

"怎么回事？"我问道，"你有什么事瞒着我？"

"不，没有。我没瞒什么事。"

"那这是什么意思？"

她长长地叹了口气，沉重又无奈。"我发誓我什么都不知道，但有时候我会怀疑。"

"怀疑什么？"

"有时候我觉得你妈妈不太对劲，也许她从来没从你爸爸和你哥哥的事中走出来。"

房间里的氧气突然被掉了包，变成了稀薄、无法吸入的气体。这一次，时间真的慢了下来，我的视线变得像在隧道中行进时那样。四周的墙都向我逼近，卡拉从我身边退开，变成了长长走廊尽头的一个小小人影。隧道般的画面又变成了一阵眩晕。我站不稳了，还很恶心。

我跑到卫生间里，在洗脸池里呕吐起来。我往脸上拍水的时候，卡拉走了进来。

她将手搭在我背上，我被她手的重量压得垮了下来。我已经失去了物质的存在感，我又成了奥利的鬼魂女孩。我将双手按在陶瓷洗脸池上，没有抬起头来看镜子，因为我会认不出镜子里的女孩的。

"我必须确定。"我低吼道，我的声音不像我自己的。

"给我一天的时间。"她说着来拥抱我，但我拒绝了她的拥抱。我不想要安慰，不想要保护。

我只想要真相。

生命的证明

　　我只需要上床去睡觉——调整思绪，放松身体，睡觉。但是不管我多么努力地尝试，就是睡不着。我的大脑就像一个陌生的房间，到处都是陷阱。卡拉的声音在我的脑海中循环播放：也许她一直没有走出来。这话究竟是什么意思？我看了看表，深夜一点。还有七个小时，卡拉才会再来。我们得采些血，然后把样本提交给我找到的免疫缺陷病专家。七个小时！我闭上眼睛，又睁开眼睛。深夜一点零一分。

　　我等不及得到答案了，我必须找到答案。

　　我得尽力忍住冲动，不冲去我妈妈的办公室。我敢肯定她已经睡觉了，但我不能冒险，说不定会弄醒她。我抓住门把手，有一瞬间，可怕的一瞬间，我担心我会发现门是锁住的。我得等，而我等不了。但是门把手转动了，我毫不费力地走进房间，仿佛这个房间在邀请我进去，仿佛它知道我要来。

　　她的办公室非常正常，没有过分整洁，也没有乱七八糟。这里没有她精神不正常的证据，没有什么疯狂、乱糟糟的字写满墙壁。

我走到房间角落里的大桌子旁，桌子上有一个文件柜，我从这里开始翻找。我的双手都在颤抖，不是轻轻抖动，而是像地震一样在抖，却只有我能感觉到。

我妈妈在记录的留存方面做得一丝不苟，近乎完美。她什么记录都留着，我花了一个多小时的时间，才浏览了几个文件夹。这里有大大小小的收据、租赁协议、税务文件、授权许可，还有说明书。她甚至还留着电影票根。

终于，我在靠近柜子最里面的地方找到了我要找的：一个厚厚的红色文件夹，标签是"玛德琳"。我小心地把它拉出来，在地上腾出一块儿空地来。

我人生的记录开始于她怀孕的时候。我找到了孕妇维生素处方、B超图片，还有每次做产检时打印的照片。我找到了一张手写卡片，上面有两个方框，一个是男孩，另一个是女孩，女孩的方框上打了个钩。我的出生证明也在。

我浏览着，没看多久就发现我确实是个爱生病的婴儿。我找到很多儿科看病记录，看的病包括丘疹、过敏、湿疹、感冒、发烧，还有两次耳道感染，这都是在我出生后四个月的时间里发生的。我还找到催乳师和婴儿睡眠专家的收据。

我大概四个月的时候（那是我爸爸和我哥哥去世的前一个月），因为呼吸道合胞体病毒感染住进了医院。我不知道这是什么病毒，但心里记下来，准备去谷歌搜一下。这次病得比较严重，住院三天。

然后，她的记录变得没有那样严谨了。我找到一份从网上打印出来的呼吸道合胞体病毒科普资料。她圈出了一部分，这部分解释了呼吸道合胞体病毒对于免疫系统有问题的人来说会更严重。我还找到一份医学杂志上关于免疫缺陷病的文章第一页的复印件。她在这份复印件的空隙里写了字，但我认不清。这之后还有一份看过敏专家的记录、三份看不同的免疫专家的记录，每一份的结论都是没有发现疾病。

这就完了。

我又在柜子里翻找更多文件。不可能只有这些，化验结果在哪儿？肯定有第四个免疫专家的记录，不是吗？诊断结果在哪儿呢？更多医师的咨询和不同意见呢？应该有一个更厚的红色文件夹啊。我第三次浏览这些文件，然后第四次浏览。我把其他文件夹摆在地上，一个一个筛选，我在她的桌子上找文件。我还翻了她的医学杂志，找被她标记的段落。

我跑到她的书架旁，呼吸急促。我拿下来一些书，希望从里面掉出什么东西来——一份被遗忘的化验单，或是一份正式的诊断书，但我什么也没找到。

但是，什么也没找到不能算作证据。

也许证据无处不在。我随便一猜，就猜到了她的密码——玛德琳。我花了两小时的时间，浏览她电脑上的所有文件。我还搜索了网络浏览记录，甚至还在回收站里找了。

没有。什么也没有。

我一直以来所过的那种生活，为什么一点记录都没有？

我在房间正中央缓缓旋转一周，我不敢相信自己的双眼所看到的证据。我不敢相信我没有看到的东西，怎么可能什么都没有呢？感觉就像我的病是凭空捏造的，毫无根据。

这不是真的，这不可能。

我没生病，这可能吗？我想到这儿，思绪就像被刺到了一样。

也许她在卧室里有其他的记录？我之前为什么没想到呢？凌晨五点二十三分。我能等她醒来吗？不能。

我正要朝屋外走去，却见门打开了。

"你在这儿啊。"她说，明显舒了口气，"我都担心起来了，你不在你房间里。"她走过来，看到我们周遭凌乱的景象，瞪大了眼睛。"我们这里地震了吗？"她问道。她愣了一会儿才意识到这凌乱场面是人为的。

她面向我，一脸困惑："亲爱的，怎么回事？"

"我有病吗？"我问道。我的耳朵里回荡着泵血的声音，异常响亮。

"你说什么？"

"我有病吗？"这一次，我的声音提了起来。

她本在沸腾的怒气消失了，取而代之的是关切。"你觉得难受吗？"她伸出一只手来碰我，但我把她的手推开了。

她脸上受伤的表情让我有些难受，但我没有退缩。"不，我不是那个意思。我有免疫缺陷病吗？"

她的关切成了惊讶，还混杂着些许怜悯："还是因为那封信吗？"

"是的，"我说，"还有卡拉，她说也许是你有问题。"

"什么意思？"

我究竟是在给她安怎样的罪名？"文件在哪里？"我问。

她深深吸了一口气，稳住自己："玛德琳·淮提尔，你在说什么？"

"你留着所有记录，但是这里面没有任何文件提到免疫缺陷病。为什么我什么也找不到？"我从地上拿起红色文件夹，塞给她，"其他所有记录都在。"

"你在说什么？"她问道，"当然在里面了。"

我不是很确定我以为她会说什么，但我没想到她会这样说。她真的相信文件就在里面吗？

她把文件夹抱在胸前，仿佛想把它变成自己的一部分。"你仔细找了吗？我所有记录都留着的。"

她走到桌边，腾出一块儿空位来。我看着她翻看文件，整理好，抚平根本不需要抚平的纸。

过了一会儿，她抬头看我："是你拿走的吗？我知道东西之前就在这儿。"她的声音里充满了困惑，同时还有恐惧。

这时我就确定了。

我没生病，我从没病过。

外 面

我从办公室跑了出来，面前的走廊似乎在无尽延伸。我进了净气室，里面却没有风。我到了外面，我的呼吸是无声的。

我的心停止了跳动。

虽然我的胃里本来就没什么东西，但我还是吐了，胆汁灼烧着我的喉咙眼儿。我哭了，清晨的微风吹凉了我脸上的泪。

我大笑起来，寒气侵袭了我的肺。我没有病，我从没得过那种病。

过去二十四小时里强忍住的所有情绪都一下子倾泻出来：希望与绝望、期待与悔恨、欢乐与愤怒。怎么可能同时感受到两种对立的情绪呢？我在一片黑海中挣扎，穿着救生衣，腿上却拴着锚。

妈妈追了过来。她的脸上是一片恐惧的废墟。"你在干吗？你在干吗？你得赶快回去。"

我的视线又在缩小了，我盯着她看："为什么，妈妈？我为什么一定得回去？"

"因为你的病啊，你出来会发生可怕的事的。"

她伸手拉我，但我挣开了。"不。我不会回去的。"

"求你了，"她央求道，"经历了这么多，我不能连你也失去。"

她的目光锁定在我身上，但我毫无疑问地肯定，她眼里根本没有我。

"我失去了他们，我失去了你爸爸，我失去了你哥哥，我不能再失去你。我就是做不到。"

她的脸垮掉了，她完全崩溃了。原本支撑她的结构崩塌了，瞬间造成了末日性的毁灭。

她有精神问题，这问题已经存在很久了。卡拉说得对，她从没走出过他们的死亡阴影。

我说了什么，我不知道我说了什么。但她还在接着说话。

"他们刚走的时候，你病了，病得好重好重。你无法正常呼吸，我开车送你去了急救室，我们在那儿待了整整三天。他们还不知道是出了什么问题。他们说估计是什么过敏。他们给我一张单子，上面列着要避开的东西，但是我清楚事情没那么简单。"

她点着头说："我知道事情没那么简单，我必须得保护你。你在外面可能发生的事太多了。"

她看看四周。"在这个世界里，你在外面能发生的事太多了。"

我应该感到怜悯，但我感受到的并不是。怒气积攒起来，将其他所有情绪都挤了出去。我看着她缩成一团，将自我埋藏起来。

"进来吧。"她小声说，"我会保护你，跟我在一起。你是我的一切。"
她的痛苦是无穷无尽的，这种痛散落在世界的尽头。

她的痛是一片死海。

她的痛是为我而痛，但我无法继续承受了。

童 话

很久很久以前，有一个女孩，她的整个人生都是谎言。

深　渊

在一瞬间被造就的世界，也能在一瞬间消失无踪。

开始与终结

四天过去了。我吃东西，做作业，但不看书。我妈妈恍恍惚惚地走来走去，我觉得她不理解发生了什么。她似乎意识到了，她做错了什么事，但她又不清楚究竟是什么事。有时候她试着跟我说话，但我都会无视她。我几乎无法看她。

我发现真相的那天早晨，卡拉抽了我的血样，给免疫缺陷病专家钱斯医生。我们此刻正在他的办公室里，等待。即使我已经知道了他会说什么，却还是惧怕最终的医学判断。

我要是没生病，那我是谁？

一个护士喊了我的名字，我让卡拉在等待室里等着。不知为什么，我想独自听这个消息。

我走进房间时，钱斯医生是站着的。他看起来跟网上的照片一模一样——一个上了年纪的白人男性，头发发灰，有着一双明亮的黑眼睛。

他看我的眼神里混合着同情与好奇。他示意我坐下，等我坐下，自己才去坐。"你的情况——"他开了口，却没说完。

他紧张了。

"没关系，"我说，"我已经知道了。"

他打开桌上的一份文件，摇着头，像是看着一个自己无法解开的谜题。"这些测试结果我都看了一遍又一遍，为了确定没有错误，我还让同事也看过。你没病，淮提尔女士。"

他停了下来，等待我的反应。

我冲他摇摇头。"我已经知道了。"我又说了一遍。

"卡拉——弗洛瑞斯护士——跟我讲了你的背景。"他刻意又翻了几页，逃避他接下来要说的话，"作为一个医生，你母亲应该清楚这些。当然了，免疫缺陷病是一种非常罕见的疾病，形式也复杂多样，但你没有，没有任何这种病的征兆。她只要做过一点调查、一点测验，就肯定明白。"

我身处的房间暗淡下来，周围变成了毫无特征的白色，只有一些敞开的门，却并没有通向任何地方。

他一脸期待地看着我，我终于回到了自己的身体内。"抱歉，您刚刚说了什么吗？"我问道。

"是的。你肯定有问题要问我吧？"

"我在夏威夷为什么病了？"

"所有人都会生病，玛德琳。普通的、健康的人每天都在生病。"

"但我的心脏骤停了。"

"没错。我怀疑是因为心肌炎，我也跟在夏威夷诊治你的医生聊过了，她也有同样的怀疑。简单来说，就是你过去曾经感染过病毒，让你的心脏变得虚弱。你在夏威夷的时候有没有感到过胸口痛，或是气短？"

"有过。"我缓缓说道，我记起了我选择无视的那种心绞痛。

"嗯，那心肌炎是极有可能的了。"

我没有其他问题了，至少没有需要问他的问题了。我站起身来。"那就谢谢您了，钱斯医生。"

他也站了起来，看样子有些不安，比之前更加焦虑了。"你走之前，还有一件事。"

我又坐了下来。

"因为你的成长环境，我们不清楚你现在的免疫系统是什么情况。"

"什么意思？"

"我们认为你的免疫系统有可能不健全，像婴儿的免疫系统。"

"婴儿？"

"你的免疫系统这些年都没有遇到过常见的病毒、细菌感染，它没有抵抗这些感染的经历，所以它没有时间来变得强大。"

"所以我还是有病？"

他靠在椅背上。"我没有准确的答案给你，这是我们从未见过的领域。我从没听说过这样的情况，这可能意味着你比其他拥有健康免疫系统的人更容易生病，也可能意味着你生病的时候，病情会更加严重。"

"我怎么才能知道答案呢？"

"我认为没有办法知道，我只能建议小心行事。"

我们定下了每周见面观察的时间。他告诉我，我应该慢慢开始走进世界——不要接触太密集的人群、陌生的食物，不要太过劳累。

　　"哪儿也不要去，就在这儿。"我离开时，他这样说。

死亡之后

　　这之后，我花了几天的时间收集信息，寻找任何可以解释我身上发生的事、我妈妈身上发生了什么的信息。我想要一本清楚地记录她想法的日记，白纸黑字。我想要能证明她精神有问题的证据，这样我就能回溯她的历史、我的历史。我想要细节和解释，我想要知道为什么、为什么、为什么。我需要知道到底发生了什么，但她无法告诉我。她的问题太严重了，她要是能告诉我，又怎样呢？会有什么不同吗？我能理解吗？我能理解那种深到让她剥夺我整个人生的悲痛吗？

　　钱斯医生告诉我，她需要看心理医生。他认为她需要很久的时间，才能告诉我到底发生了什么，这还只是可能。他猜想她是在我父亲和哥哥去世后精神崩溃了。

　　卡拉用上了她全部的说服技巧，劝我不要离家出走。不仅是为了我妈妈，更是为了我自己好。我的健康状况还是未知的。

　　我考虑过给奥利发邮件，但时间过去了太久。我对他撒了谎，他可能已经放下了。他可能已经找到另一个女孩了。我觉得我可能无法承受又一次心碎了。我能说什么呢？我几乎没有病？

　　最终，卡拉说服了我，让我留在妈妈身边。她说我是个好人。我可没那么确定。得知真相前的那个我已经死了。

一周后

　　一周过后，我与钱斯医生的第一次定期见面到了，他还是建议我小心行事。

　　我在卧室门上装了锁。

两周后

Email

写邮件			
收件箱	☐ 玛德琳，奥利（草稿）	抱歉，我想你	1月19日
发件箱	☐ 玛德琳，奥利（草稿）	你好吗？	1月20日
草稿箱（4）	☐ 玛德琳，奥利（草稿）	重大消息	1月21日
垃圾邮件	☐ 玛德琳，奥利（草稿）	我妈妈	1月22日
更多 ▾			

三周后

我妈妈想进我的房间，但是我在房间里把门锁上了。

她走开了。

我又给奥利写了几封邮件，但只是存在草稿箱里，没有发出去。

钱斯医生还是建议我小心。

四周后

　　我把房间里的每一面墙都刷成了不同的颜色，窗子那面是浅黄油色，书架是日落橙，书架靠着的墙是孔雀蓝，我的床头靠着的那面墙是淡紫色，最后一面是黑板色。

　　妈妈在敲我的门，但我假装没听到。她走开了。

五周后

　　我订购了真正的植物，放进阳光房里。我解除了空气净化程序，打开了窗子。我买了五条金鱼，每条都起名奥利，把它们放养在喷泉里。

六周后

　　钱斯医生坚持说我现在就去高中上学是操之过急。学校里有太多孩子，太多疾病。卡拉和我说服了他，让我的一些家教在身体无恙时来当面授课。他不是很愿意，但还是同意了。

玛德琳妈妈

家庭精神诊疗服务

加利福尼亚州，圣莫妮卡，吹牛街33号

玛格丽特·斯蒂文森
美国精神病学与神经病学委员会

2015.02.23 4：19 PM

填写：2015.02.26 8：30PM

第一页

病人：波林·淮提尔（女性，51岁）

摘要

病人终于可以回忆丈夫和儿子去世的那晚了。她仍然以现在时态描述当时的事。很明显，我们还有许多工作要做。

记录

你知道警察在紧张的时候喜欢碰他们的武器吗？这是个小习惯。我在急救室里注意到了这点，他们带黑社会成员或是抢劫犯去医院的时候就是这样。我觉得碰武器能让他们冷静下来。那件事发生之后，两个警察来了我家，一男一女。他们是刻意这样安排的吗？一男一女。女警察负责说话，她全程都在碰自己的武器。她叫我"女士"。我觉得她想让我猜她带来的消息是什么，那样她就不用亲口说出来了。我是个医生，我已经习惯了传达坏消息，但她不习惯。她不停地说，她给我讲发生了什么，但我已经不在那儿了，我回到了玛蒂的婴儿房里。我在揉她的肚子，她又病了。她总是生病，耳道发炎、拉肚子、支气管炎……女警察不停地说，我只想让她停下来。我想让一切都停下来，没有哭泣的婴儿，没有疾病，没有医院，没有死亡……一切都能停下来，停下来这一次就好了。

FD: EM

297

《献给阿尔吉侬的花束》

一周后，卡拉和我一起看着沃特曼先生走过草坪，回到他的车里，离开。他走之前我拥抱了他。他很惊讶，但是没有质疑，他也拥抱了我，好像这很自然似的。

他离开后，我在外面待了几分钟，卡拉也跟我一起。她还在寻找方法，温柔地抚摸我已经碎掉的心。

"那么——"她开口说。

我知道她要说什么。她一整天都在酝酿，就为了说这句话。

"请别离开我，卡拉，我还是需要你的。"

她在看我，但我无法看她。

她没有否定我刚刚的话，只是用双手拉起我的一只手。

"如果你真的非常需要我留下来，那我就留下来。"她捏了捏我的手指，"但是你不需要我。"

"我永远都会需要你。"我都没有尝试去忍眼泪。

"但不像从前那样需要。"她温柔地说。

她说得当然对。我不需要她每天八小时陪着我，不需要时时刻刻的照料。但没了她，我该怎么生活呢？

我的眼泪变成了剧烈的啜泣，她揽我入怀，让我哭了个够。

"你要怎么办？"

她用手擦了擦我的脸："我可能会回医院工作吧。"

"你已经跟我妈妈说了吗？"

"今早说的。"

"她怎么说？"

"她感谢我照料你。"

我没有隐藏我的怒气。

她抓着我的下巴，说："你什么时候才能原谅她？"

"她做的事是无法原谅的。"

"她那时病了，亲爱的，她的病现在都没好呢。"

我摇摇头："她剥夺了我的整个人生。"即使现在，我想起我失去的那些年，都好像站在巨大深坑的边缘，仿佛我可能掉进去，然后就永远出不来了。

卡拉把我拉回了现实。"不是整个人生，"她说，"你还有很多年呢。"

我们回到了房子里。我跟上次一样，跟在她身后看她收拾东西。

"你读了《献给阿尔吉侬的花束》了吗？"我问道。

"读了。"

"你喜欢吗？"

"不，不是我喜欢的类型，这本书缺少希望。"

"你是看哭了吧？"

她摇摇头，但还是坦白了。"好吧，哭了，哭得像个孩子。"我们一起大笑起来。

礼　物

　　一周后，妈妈来敲我的门。我在沙发上，没有动。她又敲了一次，这次更加坚决，我的厌烦被挑了起来。我不知道我们的关系还有没有可能恢复正常，我很难原谅她，她甚至都不完全理解她的罪行。

　　我摔开门时，她正要再次敲门。"时机不对。"我说。

　　她像是被打了一样，但我不在乎。我想伤害她，一遍又一遍。我的怒火永远都在等待状态，我本以为它会随着时间的流逝退去，但它还是潜藏在事情的表面之下。

　　她吸了口气："我给你买了样东西。"她的声音很低，有些困惑的样子。

　　我翻了个白眼。"你觉得礼物能有用？"

　　我知道我又伤害了她。她手里的礼物抖了抖，我从她手里接过来，只是希望谈话能结束。我想把自己关起来，远离她，这样我就不用感受到任何怜悯、同情，任何情绪。

　　她转身要走，却又停了下来。"我还是爱你的，玛德琳，你也还是爱我的。你有大好的人生等待着你，别浪费。原谅我。"

结束就是开始，开始就是结束

　　我打开了我妈妈给我的礼物，是一部手机，手机上的天气预报移动应用是打开的，上面显示了之后一周的天气预报——晴朗明亮，每天都是如此。

　　我必须走出房子。我到了外面，但我没有目的地，全凭感觉，到了那儿才知道我要去哪儿。

　　幸好，梯子还在奥利之前放的地方。我爬上了屋顶。

　　星系仪还在那里，仍然美丽，锡纸做的恒星、卫星、行星还挂着、摇动着，反射阳光，将光射回大宇宙里。我碰了碰其中一颗行星，整个星系就开始缓缓旋转。我明白奥利为何要做这个，同时看到整个世界是种让人欣慰的感受——看到所有的零零碎碎，还能知道它们之间的运作关系。

　　我上一次来这里才是五个月前吗？我感觉像是经历了整整一世，甚至好几世。至于上次来这里的那个女孩，她真的是我吗？除去容貌上相似和同一个名字，我跟过去的玛蒂究竟还有什么共同点呢？

我小的时候，最喜欢做的事情之一就是想象平行宇宙里的自己。有时候我会想象自己是一个脸蛋红扑扑，喜欢在室外玩，会吃花朵，独自徒步、爬山的女孩，一个人走好多英里；有时候我会想象自己是一个会蹦极、参加拉力赛，做一系列肾上腺素飙升的刺激活动的女孩；有时候我会想象自己是个穿锁子甲、挥舞着刀剑的屠龙勇士。想象这些对我来说是好玩的，是因为我已经知道了自己是谁。可现在我什么也不知道了，我不知道我在新世界里该是谁。

我一直在试图锁定一切都改变的那一刻，我的人生走上了这条轨迹的那一刻。是爸爸和哥哥去世的那一刻，还是在那之前呢？是他们去世那天上车的那一刻吗？还是说哥哥出生的那一刻呢？又或者说是我父母相遇的那一刻？还是我妈妈出生的那一刻？也许这些都不是。也许是那个卡车司机认定自己还没有累到不能驾驶的那一刻，又或者是他决定当卡车司机的那一刻，又或者是他出生的那一刻。

还可能是导致事情变成现在这个样子的无数个时刻中的任何一刻。

那么，如果我能改变其中一刻，我会选择哪一刻呢？我会得到我想要的结果吗？我还会是玛蒂吗？我还会生活在这栋房子里吗？一个名叫奥利的男孩还会搬到我的隔壁吗？我们还会相爱吗？

混沌理论说，初始条件中小小的变动可能会导致无法预测的疯狂改变。蝴蝶挥动翅膀，可能会导致未来的一次飓风。

可是啊，我觉得我只要能找到那一刻，我就能将它一点一点拆开来，解构到分子级别，直到我能看到原子，直到我找到其中最坚固、最不可或缺的部分。我要是能把它分解开来，彻底理解，也许我就能做出完全正确的改变。

我可以让我妈妈好起来，让她从没有病过。

我可以理解我为何会坐在这屋顶上，在一切结束的地方开始。

完美如未来　第二部分

发件人：玛德琳·古·淮提尔

收件人：genericuser033@gmail.com

主题：完美如未来 #2

发件时间：3 月 10 日，7：33 PM

当你读到这封邮件时，你就已经原谅我了。

起 飞

登机牌

航班号
AT3881 11MAR15630A

姓名
玛德琳·淮提尔

出发机场 **到达机场**
洛杉矶国际机场 纽约肯尼迪国际机场

登机口 **座位**
33 09F

阿塔航空

姓名
玛德琳·淮提尔

座位
09F

出发机场
洛杉矶国际机场

到达机场
纽约肯尼迪国际机场

阿塔航空

306

原 谅

　　我坐在飞机上，盯着窗外，看广阔的绿植被分成一块儿一块儿规整的正方形。地上还有几十个神秘的蓝绿色水池，边缘在闪光。从这么高的地方看下去，世界看上去井然有序，像是深思熟虑的结果。

　　但我知道，实际上世界有秩序，但同时，又没有那样有秩序。真实的世界既结构整齐又混乱不堪。这真是美丽而又奇怪。

　　钱斯医生不是很高兴我这么快就开始坐飞机，但任何事情都有可能在任何时间发生。安全不是一切，生活不能只是活着。

　　妈妈在这点上倒是表现很好，昨晚我告诉她时，她并没有想阻止我。她咽下了她的恐惧和慌乱，即使她还是不完全相信我没病。她作为医生的大脑在挣扎着，与她长久以来所相信的想法做斗争，虽然有很多其他医生的不同意见，并且没有检测结果的佐证，她还是相信了那么多年。我试着站在她的角度思考，抛弃从因到果的思维，反过来从结果来思考成因。我回想、回想、再回想，总会得出同一个结论。

　　爱。

爱让人疯狂。

母亲爱父亲，他是她一生的挚爱。她也爱哥哥，他是她一生的挚爱。她还爱我，我也是她一生的挚爱。

宇宙将父亲和哥哥夺走了。对她来说，这就是一次逆向的宇宙大爆炸——拥有一切变成了一无所有。

我可以理解，几乎可以理解。

但我还在努力理解。

"你什么时候回家？"她问我。

我的回答是实话："我不知道这里还是不是家。"

她又哭了，但她还是让我走了，这也是进步。

最终，云层变厚了，我什么也看不到了。我在座位上放松，开始读《小王子》。当然了，与之前每次读一样，每次意义都有所不同。

人生苦短™

玛德琳的剧透书评

《小王子》，安托万·德·圣·埃克苏佩里

关键情节透露：爱值得付出一切，一切。

这一生

即使是周六清晨九点，纽约也还是如此喧嚣、如此拥堵，与它的名声相符。街上到处都有鸣笛声，缓缓挪动的车。人行道上挤满了擦肩而过的人，仿佛在表演精心编排的舞蹈动作。我坐在出租车后座，任城市的噪声与气味儿将我浸润。我睁大眼睛，仔细观察眼前的世界。

我没有告诉奥利我要做什么，只说他家附近的二手书店里有一份礼物等着他。我来的时候坐在飞机上，几乎一直在想象我们的重逢。在每一种情景中，我们都在三十秒内开始接吻。

司机停车，我在"那家老书店"下车。推门进店的瞬间，我立刻就认定了，我会在这里度过很多时间。

书店很小，只有一间房，高高的书架从地面一直到屋顶，每个书架上都摆满了书。每个书架上都连接着小手电筒，这些就是房间的照明工具，所以你几乎只能看到书。这里的空气的味道与我想象中完全不同，闻起来很旧，仿佛这一切都在同一个地方放了很久。

奥利来之前，我有十五分钟的时间。我在书店的走道里漫步，盯着书架上的书看。我想同时触摸这里所有的书，我想把我的名字写在在我之前读它们的人的名字边上，我用手指抚摸着书脊。有一些很老，旧到我都看不出上面的字。

我拿出手机看看时间，时间快到了。我走到了字母 S 到 U 这一排书架的最里面，藏了起来。

我腹中的蝴蝶再次现身。

一分钟后，我看到他缓缓沿着这条走道走来，边走边看书架。

他的头发长长了，蓬松的鬈发让他脸上的棱角变得柔和，他的衣服也不是全黑的了。好吧，他的牛仔裤和球鞋还是黑色的，但短袖换成了灰色的。我觉得他好像还长高了。

过去几周里我经历的这么多事情中——跟卡拉道别，不听钱斯医生的劝阻离家，留下妈妈独自悲伤——看到他却是最与众不同的经历，最让我慌乱的经历。

我不知道我为什么会以为他不会变，连我都变了。他掏出手机，再次读我的指示。

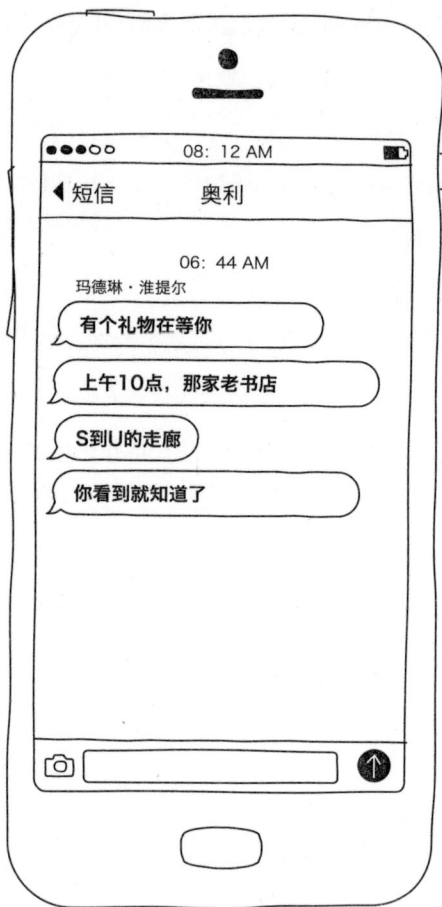

他把手机放回口袋里，再看看书架。我把书放在了其他书的前面，书封朝外，这样他就肯定能看到，不会错过的。他没错过，但是他没有把书拿起来，而是双手插在口袋里，盯着看。

几天前，我看着星系仪，努力寻找我人生走上这条轨迹的关键时刻。能够回答这个问题的那一刻——我是怎么走到了这里？

但是这一刻是不存在的，答案是许许多多的时刻。你的人生可能有许多岔道口，有一千种不同的可能性。也许你的人生会因为你所做的所有选择、没有做的所有选择催生出各种不同的可能性。

也许某一段人生中，我真的有病；在另一段人生中，我在夏威夷就死掉了。

可还会有其他的可能性，爸爸和哥哥还活着，妈妈也没有精神问题。甚至还会有我的人生中没有奥利的版本。

可这一生并不是这样。

奥利抽出手来，把书从架子上拿下来，开始读。他咧嘴笑着，轻轻摇晃。

我从我躲的地方走了出来，沿着走道朝他走去。他为我露出的微笑让我愿意活下去。

"找到你的书了。"他说。

→ 拾得奖励

- 与我〈玛德琳〉 一起在摩洛基尼岛潜泳，
  寻找夏威夷的州鱼——胡姆胡姆努库努库阿普阿阿鱼。
- 与我〈玛德琳〉 一起去一家二手书店。
- 找〈玛德琳〉

小王子

安托万·德·圣·埃克苏佩里 著/绘

理查德·霍华德 译

哈维斯特图书
哈考特有限公司

奥兰多　纽约　圣迭戈　多伦多　伦敦

鸣　谢

你要是读到了鸣谢这一部分，那说明你是个非常用心的读者。作为一个用心的读者，你一定知道书是不能直接从作者糊涂的脑袋里直接冒出来就会很完整的。

首先，我要感谢我的母亲，她总是有大梦想，替我去拥有梦想。不，奥普拉还没选我的书做读书俱乐部的用书呢。不过呢，可能性还是有的。

我小时候生活在牙买加岛，我爸爸为当地的一份报纸写影评。我觉得这件事（写作）和他（我爸爸）都是最酷的。所以，我得感谢我爸爸让我看到了，你可以在纸上写一些来自你头脑中的东西，这些东西可以影响到他人。

我需要感谢爱默生学院周四晚上的酒会，还有写作会成员。你们知道我在说谁。这是我所加入的第一个作家团体，你们那么有才、疯狂、支持我，还基本上是清醒的。重点感谢温迪·旺德。你慷慨、幽默，还是我认识的最好的作家之一。

感谢 Alloy 的朱莉·荷拜卡、莎拉·善德勒、娜塔莉·索沙，还有乔什·班克。你们让这本书在方方面面变得更好。我要尤其感谢莎拉，感谢你这个疯狂的科学天才。还有朱莉（也是个天才），感谢你让我笑，给我带来好心情，即使给我十二页单倍行距、双面打印的审稿意见时，也是如此。

　　还要感谢温蒂·洛基亚。真的，能遇到你这样的编辑是我撞了大运。感谢你的远见、热情、善良。你从第一句话开始就相信这本书，这对我来说意义非比寻常。还要重点感谢我的宣传代表，孜孜不倦的吉莉安·万德尔。感谢德拉柯尔特出版社的整个团队，感谢你们让我最大、最久、最疯狂的梦想成真了。

　　最后要感谢我的丈夫大卫·尹，感谢你在凌晨四点为我画这些美丽的图，还抽空吻我，边画边喝咖啡。感谢你所做的一切。感谢你给我的爱、冒险、家。感谢这一生。我爱你。